PALETÓ

ET MOI

MARCHIALY

PALETÓ

APARECIDA
VILAÇA

Titre original : *Paletó e eu*

Première publication au Brésil aux
éditions Todavia à São Paulo.

Éditions Marchialy,
8, rue Léon-Jouhaux
75010 Paris
www.editions-marchialy.fr

ET MOI

SOUVENIRS DE MON PÈRE INDIGÈNE

TRADUIT DU PORTUGAIS (BRÉSIL) PAR DINIZ GALHOS

MARCHIALY

REMERCIEMENTS

Je tiens à remercier mes premières lectrices et mes premiers lecteurs : André Vilaça, Beatriz Albernaz, Beto Barcellos, Carlos Fausto, Claudia Fares, Daniel Willmer, Fabienne Wateau et Francisco Vilaça. Merci également à Rafael Cariello et à la revue *Piauí* ; à Flávio Moura pour son accueil, et à Mia Couto pour ses superbes paroles. Aux Wari', pour toujours.

Mes séjours auprès des Wari' ont bénéficié du soutien de l'institution pour laquelle je travaille, l'université fédérale de Rio de Janeiro, ainsi que de celui de la Funai de Guajará-Mirim et des agences de développement suivantes : le CNPq, la Faperj, la Capes, la Fondation Wenner-Gren et la Fondation John Simon Guggenheim.

PALETÓ ET MOI

APARECIDA VILAÇA

1 LA MORT SANS CANNIBALISME

Quand j'ai réalisé qu'il commençait à se faire vieux, je me suis surprise à me demander si je serais capable de pleurer sa mort ainsi que le font les Wari', par l'alternance d'un chant en l'honneur du mort et de crises de larmes.

Dans ce chant, les proches se souviennent des moments et des repas partagés, des soins et des attentions échangés avec le défunt de son vivant. Certains se posaient la même question que moi et me demandaient si je serais là à sa mort lorsqu'ils me voyaient à ses côtés, remarquant peut-être la tendresse du regard que je posais sur cet homme dont j'étais devenue la fille.

Je n'étais pas là. Il est mort au cœur de l'État du Rondônia, dans le nord du Brésil, alors que j'étais à Rio de Janeiro, à m'imaginer son corps, les poils de barbe blancs épars sur son menton, ses bras puissants. Je me souviens de tous ces détails avec une précision absolue et je ne parviens pas à me les imaginer sans vie. Ils bougent, brillent et me parlent encore.

Malgré son âge (sans doute un peu plus de 85 ans) et l'infirmité croissante dont le frappait la maladie de Parkinson, son décès m'a prise de court. Il allait bien, mangeait du maïs avec appétit, marchait d'un bon pas, ainsi que me l'a dit sa fille Orowao Karaxu, ma sœur aînée, avec qui il a vécu ses derniers mois, dans le village du nom de Linha 26, à environ 300 km de Porto Velho, la capitale de l'État. Apparemment, il avait mangé de la viande gâtée, il était tombé malade et s'était gravement déshydraté : le gendre d'Orowao l'avait alors conduit à l'hôpital de la ville de Guajará-Mirim, où il était arrivé dans un état de grande faiblesse. Il avait demandé qu'on m'appelle, mais quelqu'un lui avait suggéré de remettre cela au lendemain, lorsqu'il serait plus à même de parler. Paletó est tombé dans le coma cette nuit-là, victime d'une insuffisance rénale, et il est mort vingt-quatre heures plus tard, dans ce même hôpital. Nous ne nous sommes plus jamais parlé.

Peut-être vaudrait-il mieux le dire autrement : je n'ai plus jamais entendu sa voix. Car j'ai l'espoir que lui a entendu la mienne au moment où j'ai demandé au médecin, mon ami Gilles de Catheu (ou Gil), de coller son téléphone portable à l'oreille de Paletó. Un peu perdue, je lui ai dit en wari' (la seule langue qu'il comprenait) que je pensais à lui, qu'il me manquait, que je voulais qu'il s'accroche, qu'il soit fort, que mes fils, ses petits-enfants, Francisco et André, étaient avec moi et pensaient également très fort à lui. Gil m'a informé qu'il n'avait pas bougé, que rien ne semblait indiquer qu'il m'ait entendu, mais j'espère que ma voix lui est parvenue.

Je me dis à présent que, d'une certaine façon, la sienne m'est parvenue avant ce dernier appel. En effet, la nuit de sa prise en charge à l'hôpital, alors que j'ignorais ce qui lui arrivait, j'ai rêvé de lui. Il était de nouveau jeune et beau, fort comme toujours, avec toutes ses dents. Il s'exprimait aussi clairement qu'avant le début de sa maladie. Dans ce rêve, je lui ai dit que j'étais très étonnée de le voir de nouveau aussi jeune, et il m'a répondu par un sourire plein de fierté. Peut-être est-ce son double qui m'a visitée, destiné à rejoindre sous cette forme rajeunie le monde des morts situé, dans la tradition des Wari', sous l'eau, au fond des rivières, ou, depuis leur conversion à l'évangélisme, au ciel.

Je me suis réveillée réjouie par ce rêve, et j'ai songé qu'en ce mois de janvier 2017 cela faisait précisément un an que je ne l'avais pas revu, et que je souhaitais lui rendre visite au plus vite. Mon premier réflexe en quittant mon lit a été d'allumer mon téléphone, et je suis tombée sur un message WhatsApp de Preta, fonctionnaire de la Funai* et amie de longue date, qui m'informait tristement que Paletó était à l'hôpital, au plus mal. Il s'est ensuivi un long échange d'appels et de messages qui m'ont permis de cerner plus précisément son état de santé.

J'ai reçu une photographie où on le voyait sur un matelas en plastique bleu. Sa tête reposait sur des draps enroulés, et il était recouvert d'une couverture à motifs rouges, sous laquelle on devinait ses jambes écartées, genoux éloignés et pieds rapprochés, sa position préférée

* Fundação Nacional do Índio (Fondation nationale de l'Indien), organisme fédéral brésilien chargé d'établir et d'appliquer les politiques autochtones. *(Toutes les notes sont du traducteur.)*

pour dormir. Il ne portait pas son dentier : ses lèvres disparaissaient dans sa bouche. « Lui qui a horreur de se retrouver sans dentier ! », ai-je pensé. Une infirmière m'a expliqué qu'on le lui avait retiré afin d'éviter tout étouffement. Quand, plus tard, nous avons abordé la question de son enterrement, j'ai demandé qu'on le lui remette. J'espère que cette volonté a été respectée.

Recevant des informations que je ne parvenais pas à comprendre totalement, mais qui me semblaient très inquiétantes, j'ai contacté un ami médecin qui habitait Rio. Je voulais savoir ce que signifiaient ces taux d'urée et de créatinine « exceptionnellement élevés ». D'autres données étaient plus faciles à appréhender, comme le fait qu'il n'avait uriné que 50 ml en vingt-quatre heures et qu'en outre on avait relevé du sang dans son urine. Au téléphone, Gil a résumé la situation : Paletó était dans le coma. « Mais son pouls reste fort », a-t-il aussitôt ajouté. Je savais que Paletó se battait. Il avait survécu à tant de guerres, à tant d'épidémies, il avait vu tant de personnes autour de lui succomber à la maladie, qu'un jour, fin 2015, lors de ma dernière visite, il m'avait recommandé de ne pas me faire de souci pour sa santé : « Je ne sais pas mourir », m'avait-il dit. J'ai réussi à obtenir le numéro de téléphone des infirmières qui m'ont tenue au courant de chaque étape de sa prise en charge, m'informant, par exemple, que les médecins avaient envisagé une hémodialyse avant d'écarter cette idée, parce qu'elle aurait supposé un transfert à Porto Velho, c'est-à-dire un trajet d'environ quatre heures en ambulance. Dans ma détresse exacerbée par la distance, j'ai essayé de convaincre plusieurs personnes (dont mes sœurs) de ne pas écarter définitivement cette possibilité, qui représentait peut-être la seule chance de survie de Paletó. Orowao, l'aînée, se montra dubitative, et Ja, la benjamine, fut intraitable : hors de question qu'on le transfère. C'est elle qui avait raison, et c'est elle qui se trouvait à son chevet lorsque, quelques heures plus tard, sortant du coma, Paletó s'est assis dans son lit, a appelé sa fille Orowao, s'est recouché et s'est éteint. Selon Ja, à 3 heures du matin. Selon Julião, le gendre d'Orowao, à 5 heures.

Je me suis réveillée à 7 heures en recevant le message de Julião : Paletó est mort. Difficile à croire. Encore aujourd'hui, un jour après sa mort, alors que j'écris ces lignes. Je ne parviens à me souvenir de lui que vivant, aussi vivant qu'il l'a toujours été. Julião a passé son téléphone à ma sœur cadette, Ja, qui m'a incluse au chant funèbre, rite que je connaissais par cœur et qui me paraissait pourtant si étrange, à présent que j'y participais en tant que fille du défunt. Ja chantait et sanglotait. Dans son chant, elle m'appelait « Apa », ou « sœur aînée ». Elle racontait qu'elle ne pouvait supporter tant de souffrances, que notre mère était morte en août la tête sur ses cuisses, à bord d'une pirogue au milieu de la rivière, et qu'à présent nous avions perdu notre père. Elle m'a demandé de venir les rejoindre, mais s'est vite rangée à mon avis lorsque je lui ai expliqué que je ne pourrais arriver à temps, avant que le corps soit enterré.

J'imaginais ce moment inéluctable et les larmes ruisselaient sur mes joues, mais je ne parvenais pas à chanter. Mon émotion était telle que j'étais incapable de reproduire la mélodie qu'on me chantait, incapable de parler au milieu du chant. La seule chose que je parvenais à faire c'était de répéter sans arrêt que nous avions perdu notre père, que tout me le rappelait dans mon appartement de Rio, où il avait passé des séjours mémorables, à la faveur desquels il m'avait enseigné tant de choses, il m'avait raconté l'histoire de sa vie et, plus que tout, il s'était étonné de tant de choses dans ce monde de la grande ville qui lui était si étranger. « Les gens ne dorment jamais, ici ? », avait-il demandé en remarquant que l'éclairage public et celui de certains édifices ne s'éteignaient pas la nuit. « Comment un endroit sans ombre peut-il exister ? », s'était-il exclamé en visitant une exposition à l'Institut Moreira Salles, conçue spécialement pour qu'il n'y ait aucune ombre. « Il va mourir et toi tu ne fais rien ? », m'avait-il dit la première fois qu'il avait vu mon beau-fils Gabriel surfer sur les vagues de la Barra da Tijuca.

J'étais toujours au téléphone avec Ja, ma sœur cadette. En chantant, elle m'a demandé d'envoyer de la nourriture pour les enfants qui assisteraient à la veillée funèbre. En chantant, elle m'a relaté la mort de sa mère quelques mois auparavant. Agrippée à mon portable, je ne faisais que me répéter, frustrée de ne pas arriver à chanter en cet instant que j'avais imaginé tant de fois. Elle m'a alors permis de mettre un terme à ma participation, afin que je puisse appeler Gil pour lui demander d'apporter de la nourriture, ce qu'il a bien volontiers accepté de faire. Il a apporté du café et du pain au port de Rio Mamoré, où les proches de Paletó pleuraient en s'accrochant à son cercueil. Gil m'a raconté que personne n'avait touché aux aliments. On ne mange pas quand on pleure.

Couchée sur mon lit, les yeux rivés au plafond de ma chambre, j'étais anéantie à l'idée de ne pouvoir assister à ses funérailles. C'est alors que j'ai eu une idée susceptible de plaire à Paletó, à supposer qu'il assiste à la scène. J'ai demandé qu'on remplace son cercueil par un autre, plus beau, tapissé à l'intérieur. J'ai également demandé qu'on l'habille d'une chemise de soirée, d'un joli pantalon et d'une paire de chaussures luisantes munies de lacets. Je voulais qu'on voie en lui quelqu'un de spécial. Que tous – pas uniquement les membres de sa famille – le considèrent comme l'homme exceptionnel qu'il avait été, sage, fort, toujours de bonne humeur, curieux et ouvert. Un adulte qui avait su garder le meilleur de son enfance, alors qu'il avait vécu tant de choses si tristes, comme l'assassinat de plusieurs de ses parents* par des *seringueiros***, soixante ans auparavant. Je lui avais demandé un jour s'il ne détestait pas tous les blancs à cause de cela, moi y comprise, et lui, avec cette gentillesse qui le définissait, m'avait répondu que mes parents et moi n'avions rien à voir avec ça, puisque nous vivions très loin d'ici. Je lui suis reconnaissante pour ce pardon.

Larissa, infirmière, et Jôice, assistante sociale, qui habitaient si loin, à Guajará, se sont rendues aux funérailles, ont demandé qu'on change de cercueil et m'ont fait savoir

* En portugais, comme en français, « parent » désigne généralement quelqu'un avec qui on est lié par l'ascendance, les « liens du sang ». Pour les Wari', en revanche, ce terme sert précisément à désigner les non-parents, ceux pour qui on ne dispose pas de termes relatifs à la parenté.

** Récolteurs de la sève de l'hévéa.

qu'on avait habillé Paletó conformément à mes vœux, à l'exception des chaussures, introuvables dans la région. Tous les morts du funérarium ne portaient que des chaussettes. « Ce n'est pas possible, ai-je dit. Il faut absolument qu'il parte avec de jolies chaussures ! » Au ciel chrétien, où Paletó comptait finir depuis quelques années, tout le monde était beau et bien habillé et, plus précisément, tout le monde portait des chaussures, l'objet vestimentaire le plus rare chez les Wari'. Jôice est finalement parvenue à en trouver. « Il chausse du 39 ? » « Oui », ai-je répondu, mais ses orteils étaient si espacés que je lui avais toujours choisi des chaussures une ou deux pointures au-dessus. Peut-être qu'en plus de cela ses pieds avaient à présent enflé. Mieux valait acheter du 41. « C'est fait ! », m'a-t-elle assuré sur WhatsApp.

Ce 10 janvier 2017, à Rio de Janeiro, la chaleur est insupportable. J'imagine la température à Rondônia et durant tout le voyage de Paletó jusqu'au Rio Negro et au village d'Ocaia III, où il vivait auprès de la majeure partie de ses enfants. J'ai su que le nouveau cercueil était inclus dans une sorte de pack VIP, avec embaumement du corps et couronne mortuaire. Jôice m'a appelée des pompes funèbres pour me confirmer que tout était parfait, qu'il était tout bien habillé et chaussé dans son joli cercueil. Elle l'a photographié, mais je lui ai demandé de ne pas m'envoyer cette image. Je voulais garder de lui le souvenir de son double rajeuni qui m'était apparu en rêve, un jour avant sa mort.

Peu après, j'ai reçu un message de Preta, avec une photo du cercueil cette fois en arrière-plan, disparaissant presque sous les proches qui se jetaient dessus en pleurant. J'ai reconnu ma sœur Orowao, adossée à un mur, l'air exténué, et ma sœur Ja, serrant le cercueil dans ses bras. Cette image est des plus déchirantes. Remarquant que le cercueil fermé était recouvert d'un pan de tissu, j'ai zoomé afin de mieux voir : on aurait dit le drapeau d'une équipe de football, vert et blanc. J'ai demandé à mon fils André, qui était à côté de moi et pour qui le foot n'a aucun secret, de quelle équipe il s'agissait, et il m'a aussitôt répondu : « Palmeiras. » Je n'ai pu que m'interroger sur ce choix curieux. Paletó ne s'est jamais intéressé au football, et son fils Abrão, à ma connaissance, est supporter du CR Vasco de Gama. Cependant, le club de Palmeiras a remporté le titre de champion du Brésil en 2016 : peut-être a-t-on voulu offrir à Paletó des funérailles de champion ?

J'ai appris que la *voadeira* (type de bateau à moteur typique de l'Amazonie) de 40 ch n'a quitté le port qu'à 10 h 30, heure à laquelle le soleil est déjà haut dans le ciel. Je me suis imaginé le trajet, les étapes dans les villages afin que les parents qui y vivent puissent rendre un dernier hommage au mort, et puis l'arrivée fatidique face à une foule en larmes, avec au milieu trois de ses enfants, Abrão, Davi et Main, qui ont décidé de l'attendre sur place. Ils passeront la nuit à pleurer autour du cercueil, à présent ouvert afin que chacun puisse toucher et embrasser le corps du défunt. Peut-être que quelqu'un s'allongera sous lui, et d'autres encore sous cette personne afin de former un empilement d'êtres humains jusqu'à ce que celui qui se trouve tout en bas perde connaissance et qu'on l'en retire. Tous convoiteront les odeurs et les fluides du défunt, tout ce que ce corps aura encore à leur offrir.

Jadis, la coutume voulait qu'un mort important (important pour avoir participé à de nombreuses fêtes) soit porté à dos d'homme et qu'on lui offre de la *chicha*, une boisson fermentée à base de maïs, comme on en offre aux invités lors d'une fête. Aussitôt, son double arrivait au fond des eaux, dans le monde subaquatique des morts, où il buvait davantage de chicha, offerte cette fois par un homme pourvu de très gros testicules et dénommé « Towira Towira » (Testicule Testicule). Ivre de chicha, le double vomissait avant d'être emmené dans la maison des hommes pour une période d'isolement, ainsi que le faisaient les *matadores*, ceux qui tuent. Et pour les Wari', c'était bien en cela que se transformait un homme mort, d'où sa jeunesse et sa vigueur retrouvées. D'où aussi l'aspect du double de Paletó qui m'est apparu en rêve.

Jadis, les morts n'étaient pas enterrés, comme Paletó et son cercueil, dans le cimetière en amont de la rivière, créé par les missionnaires évangéliques d'Amérique du Nord membres de la New Tribes Mission qui arrivèrent dans la région du Rio Negro en 1961 afin de participer à la « pacification » des Wari'. Certains vivent aujourd'hui encore dans quelques villages de la région. Jadis, le corps de Paletó n'aurait pas été enfermé dans un cercueil, mais aurait été étendu sur les cuisses de ses parents tandis que d'autres personnes auraient préparé un feu destiné à le rôtir. On laissait deux ou trois jours aux parents les plus éloignés pour arriver sur place, et pour que chacun puisse contempler le corps encore intact, le serrer dans ses bras et le poser sur soi. Parmi les plus intimes et les plus bouleversés, certains profitaient de la distraction de la foule endeuillée pour se jeter dans le feu mortuaire, dans le but de rejoindre au plus vite leur cher disparu dans ce monde sous l'eau où tous finiraient, un jour ou l'autre. En règle générale, quelqu'un d'attentif les sauvait des flammes, et ils survivaient. Mais il arrivait que d'aucuns trouvent ainsi la mort.

Je me souviens encore de Paletó m'expliquant ce genre de cérémonies par l'exemple, lors d'une des nombreuses fois où il représenta les rituels funéraires des Wari' devant ma caméra, afin que je puisse garder une trace de chaque étape et de leur enchaînement. Nous étions dans le salon de mon appartement à Rio de Janeiro. Lui, son fils Abrão et moi. Deux chaises jointes par des manches à balai représentaient le *moquém* (gril indigène) funéraire. En dessous, un journal froissé figurait le feu. Une poupée en plastique achetée dans une petite boutique du centre-ville, avec jambes, bras et tête amovibles, symbolisait le défunt.

Paletó se faisait un point d'honneur à ce qu'en plus de filmer je participe activement à la reconstitution, afin que j'apprenne comme il se doit chaque détail du rituel. Il m'a ainsi enseigné les rôles respectifs des deux groupes impliqués dans la cérémonie : en tant que parente du défunt, je devais pleurer, marcher accroupie et, en chantant (eh oui, j'avais même répété ce devoir, dont je n'ai pu m'acquitter quand les circonstances l'ont imposé), demander aux personnes extérieures à la famille, l'une après l'autre, de manger le mort. Quand il me donnait le rôle de non-parente, Paletó m'apprenait à me saisir des petites parts de chair grillée (remplacées ici par du pain) et, à l'aide de bouts de bois, à les porter délicatement à ma bouche, témoignant par ce geste respect et égard vis-à-vis de la famille du mort qui m'avait demandé de le faire disparaître en le mangeant. Les parents ne voulaient plus voir le mort: ils étaient las de toute cette tristesse.

Encourager les personnes extérieures à la famille à faire totalement disparaître ce corps dont la simple vision s'accompagnait de peine et de regrets, c'était ce qui motivait en premier lieu les parents: eux, pour qui le défunt demeurait vivant dans leurs souvenirs, en étaient bien incapables. Mais cette disparition n'était pas le seul but recherché par les Wari' dans cette invite à manger un mort petit bout par petit bout: si cela avait été le cas, ils auraient pu se contenter d'incinérer le corps. En le mangeant, les non-parents montraient à la famille du défunt qu'un cadavre n'était plus une personne, et pouvait donc être consommé. Cet acte marquait le début d'un long processus de deuil qui aboutissait pour les parents du défunt à l'adoption du point de vue des non-parents, à l'élimination de cette vision humanisante du mort dans leur mémoire.

Durant cette mise en scène, Abrão et moi nous échangions les rôles de pleureur et de mangeur, ainsi que celui de réalisateur. Abrão a très vite appris à se servir de la caméra, et les images ne perdaient de leur netteté que lorsque tous les trois, nous étions pris de fou rire, notamment quand Paletó essayait de se jeter dans le feu-journal et qu'Abrão le sauvait des flammes.

Paletó m'a confié à plusieurs reprises qu'il avait beaucoup de mal à manger de la chair humaine, dont il se dégageait en règle générale une odeur très forte, pour ne pas dire une véritable puanteur. Il m'a raconté qu'une fois, alors qu'il était encore jeune homme, les parents d'une défunte l'avaient encouragé à manger de sa chair. Paletó avait fait un effort, en avait mangé un peu, pour aussitôt courir au loin afin de vomir. Je suppose que, comme il s'agissait des funérailles d'une adulte, l'état de putréfaction du corps devait être déjà très avancé : on attendait plusieurs jours, afin que la famille soit au complet, avant de découper le mort et de le faire rôtir.

Devant la caméra, Paletó revenait souvent sur cet épisode. Une fois, alors que je mangeais la chair de la poupée morte, il m'a fait tourner la tête de côté et m'a demandé de faire semblant de vomir. C'était une chose à éviter absolument en présence des parents du mort, l'une des pires impolitesses. Mais ce qui était encore plus intolérable, c'était de faire preuve de gloutonnerie, comme s'il s'agissait d'un simple gibier. Tout de suite après la mort, le cadavre n'était pas encore tout à fait animal, et même s'il était destiné à le devenir, il fallait garder présent à l'esprit le point de vue des membres de la famille, pour qui le mort était toujours une personne, une personne vivante, comme Paletó l'est encore dans mes souvenirs. Les risques de commettre un tel impair (manger la chair du mort avec un plaisir manifeste) étaient accrus quand la chair était grillée avant putréfaction, comme c'était le cas des enfants défunts, dont la veillée funèbre était plus courte que celle des adultes.

Autrefois, tout était mangé, la totalité du corps était consommée, afin qu'il ne reste plus rien de la chair du mort. Si toutefois il en restait, on la jetait au feu avec les os, afin qu'elle brûle et disparaisse définitivement. On brûlait également tout ce qui avait appartenu au mort : non seulement sa maison, son terrain cultivable (sa *roça*), mais jusqu'aux troncs où il avait l'habitude de s'asseoir lorsqu'il parcourait la forêt. Les Wari' appelaient cet acte de destruction *« varrer »* (« nettoyer, ratisser », en portugais), car il s'agissait de tout nettoyer de la présence du mort : ainsi, les plus proches du défunt se faisaient raser les cheveux, jadis caressés par le défunt.

Une fois, Paletó m'a dit que si je mourais, il pleurerait beaucoup, déchirerait les vêtements que je lui avais donnés et les jetterait au feu. Je songe à présent à ce qu'on fera des effets personnels de Paletó, cette sacoche qui ne le quittait jamais, ses habits, cette écharpe rouge que je lui ai donnée il y a un certain temps déjà, ses couvertures, ses shorts. Vont-ils les détruire ? Vont-ils les donner ou les revendre, comme ils ont à présent l'habitude de le faire avec les objets plus durables, comme les radios et les postes de télévision ? Autrefois, cela ne faisait pas débat, m'a dit une fois l'épouse de Paletó, To'o Xak Wa : les seuls objets durables qu'ils possédaient étaient des pots de terre cuite, qu'ils brisaient avant de les jeter dans le feu au-dessus duquel grillait le mort.

Paletó n'avait plus de maison à lui, et très peu d'effets personnels, car il vivait (avec son épouse jusqu'à la mort de celle-ci) tantôt chez l'un de ses enfants, tantôt chez un autre : chacun veillait à tour de rôle à leur bien-être et à leur alimentation. Durant ses dernières années, la maladie de Parkinson l'avait considérablement amoindri. Il racontait toujours que cet affaiblissement découlait d'une chute dans la rivière, un jour qu'il pêchait seul à bord d'une pirogue. Ne sachant pas nager, il avait failli se noyer et avait été sauvé *in extremis* par l'un de ses fils. Depuis, il tremblait beaucoup, comme si la froidure de l'eau avait imprégné son corps pour toujours.

Sur les photos que je finis de consulter sur mon ordinateur, prises à l'occasion de ma dernière visite en 2015, on le voit chanter, rire, presque toujours les yeux fermés. Quelle était cette chose qu'il refusait de voir ? Cet homme a vécu au bas mot trente ans au cœur de la forêt, sans le moindre contact avec les blancs, si ce n'est à l'occasion d'échauffourées, et sans rien connaître des bienfaits de notre civilisation, à l'exception des outils et des ustensiles en métal trouvés dans les maisons abandonnées par les seringueiros. Il a assisté à l'arrivée des blancs, des maladies, des nourritures étranges et des vêtements. On m'a raconté qu'il avait d'abord refusé de se recouvrir de ce qu'on lui offrait, mais qu'émerveillé par une veste (*paletó*, en portugais du Brésil), il l'avait adoptée, sans rien enfiler d'autre : lui qui jusqu'ici portait le nom de Watakao' fut dès lors appelé Paletó. Avec sa veste, il a visité d'autres villages et a découvert la ville de Guajará-Mirim. Il est allé jusqu'à Rio de Janeiro, où il a appris l'existence du téléphone et d'Internet, et je le vois à présent, sur une photo épinglée à mon mur, en train de me parler sur Skype à l'occasion d'un séjour à Guajará-Mirim, chez Gil, auteur de ce portrait. Est-ce que, quand il avait les yeux fermés, ces images du passé lui revenaient ? Fréquemment, il se souvenait de telle ou telle anecdote vécue à Rio et il me la rappelait en riant, comme cette fois où il avait vu un hippopotame au Jardin zoologique, abasourdi d'apprendre qu'on ne mangeait pas ces animaux, ni les pigeons, si nombreux sur nos places, ni même les singes de la forêt de Tijuca. De même, il s'était étonné que je donne à manger à mon fils du poisson cru : je n'avais donc pas peur qu'il se fasse dévorer par un jaguar, attiré par l'odeur du sang ? « Mais il n'y a pas de jaguar en ville, mon père ! » « Ah oui ? Et ces chiens énormes, alors ? Tu crois qu'ils ne sentent pas l'odeur du sang ? »

Comme par le passé, mes parents de Rio Negro vont traverser une longue période de deuil, pleurer et chanter la mélodie funèbre tous les jours, se souvenir dans leurs lamentations des actions du défunt, Paletó, de ses attentions, de la nourriture qu'il leur offrait. Ils ne vont quasiment plus rien manger, ils maigriront et leurs voix deviendront rauques. Jadis, au terme de longs mois, un proche décidait de la fin du deuil en invitant l'ensemble des endeuillés à une chasse de plusieurs jours. Ils revenaient avec des paniers chargés d'animaux morts déjà grillés et pénétraient dans le village à la même heure que celle où le décès était survenu. Ils pleuraient accroupis autour des paniers, de la même façon dont ils pleuraient les morts, chantant la mélodie funèbre et se rappelant encore les actions du disparu, les petites marques d'attention qu'il leur avait témoignées. Ils pleuraient ce défunt-là, ainsi que d'autres, ceux qu'ils n'avaient pas oubliés. Puis tous mangeaient la viande grillée en riant et en l'appelant « cadavre ». « Tu veux un bout de cadavre ? », demandait un proche en poussant un panier en direction d'un autre parent. Sans bouts de bois, sans le moindre soin. C'était du cadavre, mais à présent, c'était aussi du gibier. Une transformation s'était opérée, et c'était l'objet même de ces réjouissances. Le mort, consommé comme du gibier, quittait enfin le monde des vivants, le souvenir des êtres humains.

Paletó ne sera pas mangé. Peut-être aurait-il préféré cela : les Wari' avaient la notion d'enterrement en horreur, parce qu'il impliquait que le corps reste sous la terre un très long moment. Mais je sais que Paletó redoutait de ne pouvoir ressusciter et rejoindre les cieux pour vivre aux côtés de Dieu si son corps ne demeurait pas intact. En 2001, en plein renouveau chrétien à la suite de l'attentat du World Trade Center, auquel ils avaient assisté grâce à la télévision communautaire, et qui avait éveillé chez eux la peur d'une fin du monde imminente, Paletó s'était converti à la religion des missionnaires. Il ne souhaitait plus rejoindre le monde sous l'eau, mais bien le ciel, où iraient tous ceux qui mourraient en chrétiens.

Aujourd'hui, j'aimerais que ce ciel qu'il espérait rejoindre existe, uniquement pour qu'il reçoive Paletó, bien habillé, avec ses chaussures à lacets. Je suis sûre qu'il y susciterait l'admiration de tous, et, qui sait, peut-être Dieu lui-même, qui jamais n'apparaît à celles et ceux qui accèdent à son royaume, ferait-il une exception pour lui.

2 LA RENCONTRE

J'ai été présentée à Paletó par son fils Abrão, alors âgé de 18 ans, dont j'avais fait la connaissance le lendemain de mon arrivée au poste Rio Negro-Ocaia, village wari' situé quasiment à la confluence du Rio Negro et du Rio Pacaás Novos, un affluent du Rio Mamoré, dans l'État du Rondônia. J'avais pris tout mon attirail, prête à consacrer plusieurs mois de ma vie à ma première « recherche de terrain », étape essentielle dans la formation de tout anthropologue. À Rio, j'avais laissé ma famille, mon amoureux et mon poste de biologiste (oui, j'étais biologiste, spécialisée en écologie de la flore), et je m'étais embarquée avec deux grosses valises et une chaise de plage (que mon ami Márcio m'avait présentée comme indispensable à mon confort), pour ce vol de neuf heures à destination de Porto Velho qui comprenait de nombreuses escales. Dans le trajet de taxi qui me conduisait à l'hôtel dont un ami anthropologue qui connaissait bien la ville m'avait donné l'adresse, je fus la première à m'étonner de ma réponse lorsque le chauffeur me demanda : « Vous venez vous installer ici ? » Oui, je venais m'installer.

À mon arrivée, Porto Velho me donna l'impression d'une ville de western abandonnée. Sans que la faute soit entièrement imputable aux blattes qui circulaient librement dans ma chambre, je ne fermai quasiment pas l'œil de la nuit, me demandant sans cesse si je devais aller au bout de cette aventure. Après tout, j'avais déjà un emploi qui me permettait de vivre seule dans un appartement super sympa de Santa Teresa : qu'est-ce que j'attendais de plus de la vie ? Je me retrouvais là, à l'autre bout du pays, la tête pleine de rêves et de théories anthropologiques, ainsi que des livres de Carlos Castañeda, à la recherche de mon propre don Juan Matus.

Illustrant à la perfection le dicton « Demain est un autre jour », je me réveillai fraîche et dispose, et j'organisai mon voyage en avion jusqu'à Guajará-Mirim, où je devais retrouver Beth Conklin, anthropologue nord-américaine avec qui je correspondais depuis plusieurs mois. Je me souviens très précisément de ce vol, qui faillit me faire mourir de peur, notamment parce que je pouvais voir de mon siège le pilote du bimoteur manœuvrer d'une main et, de l'autre, tenir un énorme hamburger, dont la mayonnaise lui coulait le long du bras. Je ne refis plus jamais ce trajet en avion. L'angoisse et les doutes ne me quittèrent que lorsque j'arrivai dans la maison où habitait Beth lorsqu'elle n'était pas dans son village. C'était une maison en bois toute simple, mais avec un charme hippie qui me plut instantanément, parce qu'il me rappelait mon appartement de Santa Teresa.

Beth et moi nous entendîmes d'emblée, au point que, des années plus tard, elle devint la marraine de mon fils, et moi celle du sien. Nous venions de pays différents, mais étions issues de la même sous-culture, avec nos cheveux longs et nos jupes indiennes. À l'instar de toutes les habitations de la ville à l'époque, la maison n'avait pas l'eau courante, et nous devions tous les jours aller remplir nos seaux à la rivière qui coulait à deux pâtés de maisons de là. Les coupures de courant étaient quasi quotidiennes : avant le raccordement au réseau national, l'électricité était produite par de gros générateurs municipaux et, chez les plus fortunés, par des groupes électrogènes particuliers. Le seul moyen de joindre une personne qui vivait en dehors de la ville était de se rendre à un central téléphonique : on entrait dans une cabine, on soumettait son numéro à une opératrice afin d'être mis en relation et on attendait, conscient que notre conversation serait entendue par toutes les personnes présentes. Beth se déplaçait à vélo. Quand je l'accompagnais, je m'installais sur le porte-bagages, en amazone, les deux jambes du même côté, ainsi que le faisaient les femmes de la région.

Beth était si aimable que, comprenant mon appréhension, elle proposa de m'accompagner jusqu'au Rio Negro et de me présenter certaines de ses connaissances. Sur le trajet du retour, à deux ou trois heures en aval, elle s'arrêterait à Santo André, où elle vivait la plupart du temps. La veille, au cours d'une de nos conversations, j'avais choisi le poste Rio Negro-Ocaia en apprenant qu'il s'agissait du village wari' le plus éloigné, d'un des plus importants (environ 300 habitants) ainsi que d'un des plus charmants.

Tout comme pour ce choix de Rio Negro-Ocaia, ma décision d'étudier les Wari' fut aussi le fruit du hasard, même si, ces dernières années, j'ai pu les entendre dire, à l'occasion de leurs cultes dominicaux, que Dieu avait guidé mes pas jusqu'à eux.

Dans les faits, ça s'est passé ainsi : mes camarades et moi, tous en maîtrise ou en doctorat d'anthropologie sociale à l'Université fédérale de Rio de Janeiro, sous la houlette d'Eduardo Viveiros de Castro, nous tenions en cercle autour d'une carte de Brésil, étudiant les localisations des groupes indigènes et prêtant une attention toute particulière à cette région de l'Amazonie peu étudiée jusqu'ici. L'un de mes camarades, Márcio Silva (celui-là même qui me conseilla plus tard d'emporter une chaise de plage) nous dit qu'il avait passé quelques mois, en sa qualité de linguiste, parmi les Wari' du village de Sagarana, fondé par des prêtres catholiques sur les rives du Rio Guaporé, et qu'il les avait trouvés terriblement sympathiques. Je pris ma décision en un clin d'oeil. C'était le seul commentaire dont j'avais besoin, après avoir entendu quelques mois auparavant le récit catastrophique d'une amie qui avait accompagné une anthropologue sur une mission chez un autre groupe indigène où, à l'en croire, la mauvaise humeur et la rudesse primaient.

Le lendemain, sur le port, Beth et moi attendions le pilote de la Funai, Francisco das Chagas, alias Chaguinha, qui allait m'accompagner durant ces trente ans d'allers-retours. C'est un homme robuste, loquace et vif, un pilote hyper compétent qui connaît jusqu'aux plus petits méandres des cours d'eau de la région. Chaque fois que je monte à bord d'une pirogue dont il tient la barre, je sais que le voyage sera paisible, sans incident. Je me souviendrai toute ma vie de ce jour de 1993 où Chagas, un bras dans le plâtre, vint nous chercher, Beto (mon mari d'alors), mon fils Francisco qui n'avait que 2 ans et moi-même, sur le Rio Negro, lorsque nous apprîmes par radiocommunication que notre appartement du quartier de Laranjeiras avait été cambriolé et qu'il n'y restait plus grand-chose. Pour le remercier de sa sollicitude, je réussis à lui dégoter un maillot officiel de son équipe, le club Vasco da Gama, signé par les joueurs, qu'il encadra sous verre et cloua à l'un des murs de bois de sa maison.

Pour ce premier voyage à bord d'une pirogue en aluminium équipée d'un moteur hors-bord, après y avoir chargé nos bagages et des caisses de provisions (lait en poudre, riz, huile alimentaire, haricots, lentilles, sel, sucre, biscuits, café soluble, marmelade de goyaves, lait concentré sucré) achetées au marché local, Beth et moi nous installâmes sur l'un des bancs, et nous partîmes. À cette époque, si mes souvenirs sont bons, le port du gilet de sauvetage n'était pas obligatoire. Chagas se trouva une place à la poupe pour manœuvrer : entre lui et nous se dressait un baril de 50 l d'essence, nécessaire au trajet retour et qui nous servait de dossier.

Le paysage, sur ce trajet en pirogue qui, selon la puissance du moteur, peut durer neuf heures jusqu'au Rio Negro, me touche toujours autant, et j'ai à présent l'habitude de décupler ces sensations en écoutant de la musique (Caetano Veloso, Gilberto Gil, les Tribalistas, mais aussi Jimi Hendrix et Janis Joplin). Après avoir un peu remonté les eaux boueuses du Rio Mamoré, la rive bolivienne bien en vue, on pénètre dans le Rio Pacaás Novos aux eaux claires, couleur de maté, la même que celle du Rio Negro, son affluent. Sur cette rivière bien moins vaste que le Mamoré, on ne perd jamais de vue les deux rives recouvertes d'une végétation forestière luxuriante. Des groupes d'oiseaux survolent l'embarcation sans discontinuer, aigrettes, crax, aras, toucans et perroquets. Lors de ce premier trajet, l'impact de ces sons et de ces images me fit oublier toutes mes craintes des jours précédents. La nuit de notre arrivée, j'écrivis mes impressions de ce voyage sur la première page de mon carnet de terrain :

> ***Partis de Guajará à 10 heures du matin à bord d'un bateau de la Funai équipé d'un hors-bord 25 ch. Autour de midi, nous avons atteint Tanajura, premier poste sur le Rio Pacaás Novos. La zone indigène se trouve sur la rive gauche de la rivière. Le village se dresse sur un talus, et nous avons d'abord visité les maisons des missionnaires, en bois, avec de petits rideaux aux fenêtres, puis celles des Wari', semblables à celles des autres riverains, type maisons à pilotis, avec sol et murs de*** **paxiúba** ***[une espèce de palmier] et toit en paille, avec une vaste véranda. J'y ai fait la connaissance de plusieurs Wari', qui m'ont demandé d'où je venais. Quand je leur ai répondu que j'étais de Rio de Janeiro, ils m'ont aussitôt interrogée sur le stade Maracanã. Avons repris notre route sur le Rio Pacaás Novos et sommes arrivés aux alentours de 14 h 30 à Santo André. Même paysage, maisons surélevées en paxiúba. Ils dorment sur de la paxiúba. Beth a déposé ses affaires***

et a continué le voyage avec moi jusqu'au Rio Negro, que nous avons atteint à 5 heures de l'après-midi. Le paysage y est différent. La rivière est plus étroite et plus belle. En l'espace de quinze minutes, nous avons atteint le village. Sur un talus, un grand nombre de personnes nous attendaient, femmes, hommes et enfants. Nous ont également accueillis Edna, l'enseignante, et Valdir, le chef du poste. Sommes allées directement dans la maison d'Edna. Dans le village, les maisons de la Funai se trouvent en front de rivière : maisons du chef, de l'infirmier, de l'enseignante et entrepôt à outils. Beaucoup de manguiers, de pommiers-cajou et de jambosiers un peu partout. Les maisons wari' sont éparpillées à gauche, à droite et derrière, autour du terrain de football. Elles sont reliées par des sentiers. Le mato* *entoure le village. Une femme a étendu une natte par terre, devant chez elle, et a épouillé son mari. (Rio Negro, 14/08/1986)*

* Brousse brésilienne.

En repensant à cette arrivée, je me rends compte que, contrairement à mon impression d'alors, du haut de mes 28 ans, je n'étais pas beaucoup plus âgée qu'Abrão. Nous étions tous les deux jeunes et, à son instigation, nous conversâmes devant la porte d'Edna, la sympathique enseignante originaire de l'État du Pará, qui dans un premier temps m'accueillit dans sa maison en dur, comprenant deux chambres et une cuisine, et attenante à la salle de classe.

Mince mais vigoureux, avec ses cheveux courts, très noirs, et son superbe sourire, Abrão s'approcha pour me demander une cigarette. Je lui passai tabac et feuille à rouler, et la conversation s'engagea en portugais, langue qu'Abrão connaissait déjà à l'époque, ce qui me permit au début de me reposer sur ses talents d'interprète. Il me demanda comment je m'appelais, d'où je venais, et voulut connaître le nom de mon mari. Il m'enseigna mes premières phrases en wari' : *Aparecida ina ta* (« Je suis Aparecida »), *Narima nukun wijam ina* (« Je suis la femme d'un blanc/ennemi »). J'appris très vite que je ne devais pas prononcer cette seconde phrase en public, car elle confirmait mon statut d'ennemie, qualificatif que les Wari' associaient alors à tout non-Wari', qu'il s'agisse des autres indigènes ou de ceux qu'ils appelaient aussi les « civilisés ». Par plaisanterie, ils me demandèrent de la répéter plusieurs fois d'affilée, ce qui les fit bien rire. À la suite de quoi, ils me demandèrent de dire en wari' : « J'ai pété », ce qui les fit rire encore plus.

Alors que nous visitions le village, Beth me présenta une famille qui avait vécu à Santo André et qu'elle connaissait bien : Xatoji, sa fille Topa', le mari de celle-ci, Maxun Hat, et ses parents, Wan e' et Orowao Xik Waje, qui habitaient la maison contiguë. Cette famille étendue m'adopta d'emblée. Xatoji devait avoir une petite quarantaine d'années, tout au plus, et, chose rare chez les Wari', était séparée de son mari, père de ses deux filles, Topa' et Pijim. Lui aussi vivait au bord du Rio Negro, à présent marié à la fille aînée de Paletó, Orowao Karaxu. Xatoji, quant à elle, ne s'était pas remariée et vivait tantôt chez l'une de ses filles, tantôt chez l'autre, dormant seule sous sa moustiquaire, parfois avec l'une de ses petites-filles.

Dès mon deuxième jour sur place, Xatoji me convia à l'aider à éplucher son manioc, qui avait passé un jour immergé au bord de la rivière. Après épluchage, on en écraserait la chair dans un panier, on la tamiserait et on la grillerait au feu pour la transformer en farine. Tout en travaillant, elle m'enseigna quelques mots et, sans doute un peu dépitée, m'expliqua que si je voulais apprendre rapidement la langue, je devrais épouser un Wari' et manger ce qu'ils mangeaient, en particulier des larves d'insectes cuites dans des feuilles. Et elle conclut en portugais : « Tu veux manger les bestioles ? » Dans leur grande majorité, les adultes prirent très au sérieux mon désir d'apprendre leur langue, au point que, quelques jours à peine après mon arrivée, je surpris une discussion un peu vive, en wari', entre le vieux Wan e' (qui devait à peine avoir dépassé les 60 ans, mon âge aujourd'hui) et Hilda, une jeune fille avec qui je conversais en portugais. Quand je lui demandai ce qui se passait, celle-ci me répondit : « Il m'a dit de ne te parler qu'en *gíria* [mot par lequel les habitants de la région se réfèrent à la langue autochtone]. » Et il est vrai qu'une langue ne peut s'apprendre que par l'échange et la pratique. Quand Beto vint me rendre visite pour la première fois, en janvier 1987, les villageois s'étonnèrent qu'il ne parle pas la langue wari' comme moi, alors que nous avions passé deux mois ensemble, entre mon premier et mon deuxième séjour. Ils me demandèrent : « Ça ne te fait pas de la peine, qu'il ne sache pas parler ? »

À l'exception du mariage, je suivis toutes les instructions qu'on me soumit pour apprendre la langue, notant mots et phrases que je répétais ensuite. Manger les plats locaux fut toujours pour moi un immense plaisir. À l'époque, ils étaient délicieux : *pamonha**, chicha, poissons divers et gibier grillés au moquém. Les Wari' apprécient

* Préparation à base de maïs, cuite dans des feuilles.

énormément les *gongos*, insectes au stade larvaire qui vivent dans les troncs des arbres, tout particulièrement des arbres fraîchement coupés pour aménager une roça. À cause du dégoût suscité chez les blancs par cet aliment, ils ont pris l'habitude de le consommer discrètement, conscients qu'il s'agit d'une particularité culinaire de leur culture. Ils me dirent à plusieurs reprises que, pour devenir wari', je devais manger des gongos, mais la première occasion ne se présenta qu'au bout d'un mois, lorsque j'accompagnai Xatoji, Topa' et de Maxun Hat sur leur roça afin de les aider à planter du maïs. Juliana, fille de Topa' et Maxun Hat, alors âgée de 6 ans, dénicha un de ces gongos appelés *orojat*, blanc, bien dodu, la tête semblable à une petite boule rouge, et me l'apporta afin que je le mange, là, cru et vivant. Sans sourciller, avec la spontanéité de mes 28 ans et mon profond désir de me faire accepter, je plongeai la larve encore remuante dans ma bouche, la mâchai et l'avalai. En vérité, ma répugnance fut vite effacée par le goût du gongo, qui me rappela celui de l'olive. L'approbation unanime m'emplit de fierté, redoublée lorsqu'à notre retour au village ils déclarèrent en donnant de la voix, afin que tous puissent entendre, que j'étais à présent totalement Wari'.

Depuis ce jour, ils n'hésitèrent jamais à me proposer des gongos, que l'on cuit presque toujours dans des feuilles de palmier, ce qui les rend absolument exquis. En revanche, les poux, qu'ils mangent tout en en débarrassant leurs proches, et qui de leur point de vue sont également un aliment typiquement wari, je n'ai jamais pu m'y faire. La question des gongos résolue, ils me provoquèrent en me disant que pour être wari', il me fallait manger des poux. J'attendis quelques mois, incapable de me résoudre à manger les parasites de quelqu'un d'autre. Puis je mis le premier que je trouvai dans ma bouche, au vu et au su de ceux qui se trouvaient autour de moi. Après avoir dégusté l'insecte, j'éludai le problème, déclarant qu'ils mangeaient des poux pour rien : je pouvais affirmer d'expérience que les poux ne remplissaient pas l'estomac. Ce fut la réponse que j'opposai systématiquement à toute nouvelle tentative pour me convaincre d'en remanger.

À cette époque, les Wari' ne consommaient que rarement du riz, des haricots, des pâtes et des sodas, qui font à présent partie de leur quotidien et qu'ils achètent avec l'argent des allocations familiales, de la retraite, des congés maternité, de leurs salaires d'enseignants ou de personnels de la santé. Je me souviens très précisément de la première fois où je fis l'expérience personnelle de ce changement, en juillet 2001, alors que je logeais chez Paletó, dans le village de Boca (rebaptisé depuis Ocaia III), où il vécut jusque peu avant sa mort. Avec la générosité propre aux Wari', mes hôtes me servirent des plats de riz, de haricots et de pâtes cuisinés dans de grandes quantités d'huile de soja, que j'avais beaucoup de mal à digérer. Des douleurs persistantes m'obligèrent à ne plus manger que des bananes et des œufs durant tout ce séjour, et à emporter lors des suivants mon stock personnel de riz complet, de lentilles, de flocons d'avoine, de lait et de biscuits. La pamonha n'est presque plus consommée, car ils ne cultivent presque plus le maïs. Le bruit sourd de la pierre écrasant le maïs sur le bois, qui ponctuait nos journées, a aujourd'hui totalement disparu. Les poissons, et plus encore le gibier, sont de plus en plus rares.

Au lendemain de notre première rencontre, Abrão envoya chez moi sa sœur Ja, alors âgée de 6 ans, maligne, bavarde et éloquente, et qui ne portait pour tout habit qu'un petit short. Elle tenait dans les mains un gros morceau de surubim. Je demandai à Ja si Abrão avait besoin de quelque chose. Oui, de tabac et de feuilles à rouler. Voulant faire preuve de générosité, et absolument pas au fait des usages locaux qui veulent qu'on ne refuse jamais de la nourriture, je lui dis de garder le poisson, en précisant que je lui donnerais ce qu'il voulait sans contrepartie. Décontenancée, la petite fille rentra chez elle, et je me demandai si je n'avais pas mal agi. Abrão allait-il se fâcher face à mon refus ? Il ne tarda pas à se présenter chez moi et je lui expliquai que je n'avais pas pris le poisson parce que j'avais assez mangé ce jour-là. Abrão me répondit qu'il était salé et que j'aurais pu le conserver pour plus tard.

Je n'avais toujours pas fait la connaissance de Paletó, même si son nom figurait déjà dans mes notes de terrain, au sein d'une liste de personnes plus âgées avec qui je devais entrer en contact. Toujours selon ces notes, trois jours après mon arrivée, je me rendis chez sa fille Orowao Karaxu, où je le vis pour la première fois, assis à côté de son épouse, To'o Xak Wa. Il me posa des questions que je ne compris pas et qui le faisaient beaucoup rire. Son gendre, l'époux d'Orowao Karaxu, m'en traduisit quelques-unes: il voulait savoir si mon mari était vieux, si mes parents l'étaient aussi. Abrão me demanda un maillot de football du Flamengo et déclara qu'il aimerait passer un an à Rio de Janeiro. Nous n'aurions jamais pu nous douter que, dans les années qui suivraient, il devait me rendrait visite à Rio, et ce à plusieurs reprises. Deux jours plus tard, j'allai voir Paletó chez lui. À cette occasion, par l'intermédiaire d'Abrão, il me raconta une légende, puis, accompagné par sa femme, il m'interpréta des chants des Orotapan, peuple mythique vivant sous l'eau, que j'enregistrai. Ils me demandèrent de leur raconter une histoire à mon tour, et la première qui me vint à l'esprit fut celle de Cendrillon, qu'Abrão leur traduisit.

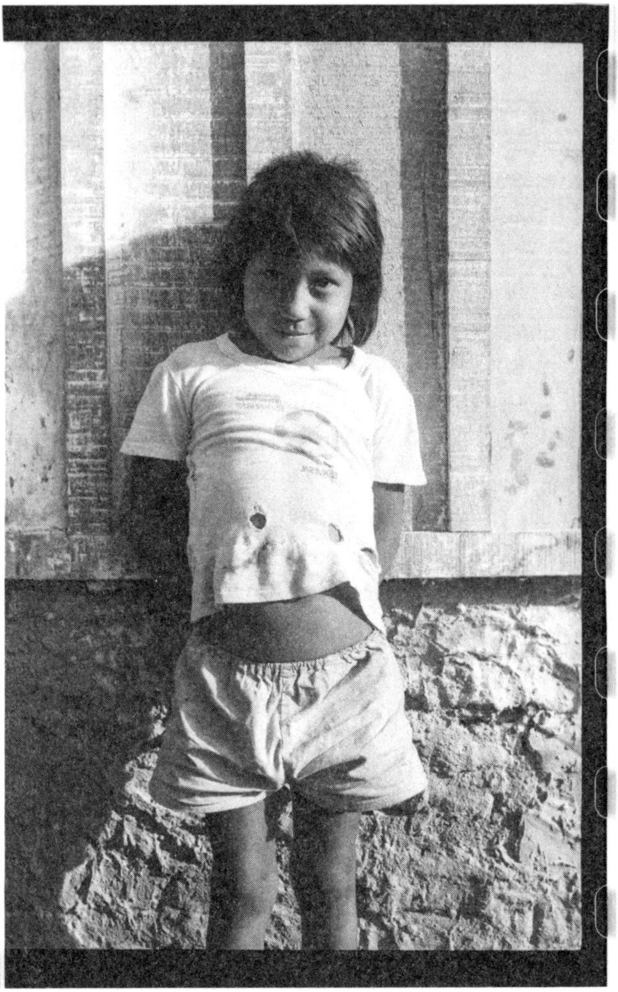

J'entends à présent ces chants enregistrés sur cassette audio : leurs voix, encore jeunes, sont claires et justes. Mon magnétophone eut un succès unanime parmi les Wari'.

Presque toutes les nuits, des femmes et des jeunes filles se retrouvaient dans le patio de la maison de Topa' Jam. Elles chantaient afin que je les enregistre et leur repasse ensuite plusieurs fois d'affilée leurs interprétations. Cette maison, située au bord du dénivelé qui mène à la rivière, était toujours très animée. Topa' Jam avait beaucoup de filles, dont Rute, qui tout comme Dina, sa voisine et la fille de Wan e', devint l'une de mes premières amies dans ce coin du monde. La mère de Topa' Jam était la femme la plus âgée du village, la seule qui avait les cheveux blancs. Veuve, elle vivait avec sa fille, son gendre et ses petits-enfants, à l'instar de Xatoji et de toutes les femmes d'un certain âge, veuves ou célibataires, qui prenaient ainsi part à l'éducation des enfants et échappaient à la solitude.

Réunis dans ce patio, assis sur des nattes, hommes et femmes écoutaient les chants en boucle en prêtant une attention particulière aux bruits de fond, notamment aux réactions et aux plaisanteries des jeunes hommes qui tournaient autour des chanteuses. Pour celles et ceux qui n'avaient pas assisté à l'enregistrement, c'était aussi un moyen de savoir ce qui se passait dans d'autres maisons et ce dont on m'avait parlé. Grâce à cette nouvelle technologie, ils élargissaient leur réseau de communication.

Au cours d'un trajet sur la rivière, deux mois après mon arrivée, j'appelai Paletó « père » pour la toute première fois. Ce fut l'une des rares occasions où je montai à bord du grand bateau en bois du village, une *chata* comme on dit dans la région, que les Wari' nommaient *tonton* (onomatopée évoquant le bruit de son moteur). Nous étions assez nombreux à descendre la rivière en direction du village de Tanajura où allait se dérouler une fête. Le départ fut pénible : il y avait toujours quelqu'un ou quelque chose qui manquait. Je fis je ne sais combien d'allers-retours entre ma maison et la rivière, me remotivant à chaque nouvelle annonce d'un départ imminent. J'avais mis mes affaires dans un sac à dos et dans un petit panier, quelques tubercules de manioc et quelques œufs durs, largement de quoi tenir durant le voyage. La traversée, qui devait durer huit heures tout au plus, nous prit deux jours entiers, et mes maigres provisions, que je partageai avec ceux qui me le demandèrent, disparurent en quelques heures à peine.

Alors que nous étions sur le point d'arriver, l'estomac dans les talons, l'équipage décida de pêcher. Je restai à bord, en compagnie de quelques jeunes hommes qui avaient la flemme de participer à cet effort général. L'un d'eux, Luís, neveu de Paletó, se coucha sur le fond du bateau, radio collée à l'oreille, branchée sur la Rádio Nacional de Porto Velho. Je m'amusai d'entendre au beau milieu de la forêt une publicité pour une boutique de tapis et d'argenterie. Le programme ne plut pas à Luís qui changea de station, tombant sur une chanson lente de Roberto Carlos, qui ne l'enchanta pas plus. Il tourna à nouveau le bouton jusqu'à trouver un morceau entraînant où un chanteur confiait ne pas pouvoir « vivre sans toi ». Cette fois, cela parla à Luís.

Les autres Wari' se dispersèrent le long de la rive, les poissons commencèrent à apparaître, et l'on alluma de petits feux pour les cuire. Personne ne m'invita à partager le repas, et ne sachant que faire, je confiai à Abrão que j'avais très faim. Il m'apprit alors comment m'y prendre : « Il faut que tu ailles voir notre père et que tu lui demandes à manger en lui disant que tu as faim. » Je m'approchai de Paletó, assis à côté d'un moquém où grillaient des poissons, et toute honteuse de me retrouver dans ce rôle de quémandeuse affamée qui m'était totalement étranger, lui répétai mot pour mot ce qu'Abrão m'avait conseillé de dire : « J'ai faim, mon père. »

Je me rappelle encore sa réaction : il était ravi de partager le repas avec moi, peut-être même heureux de constater que je progressais dans ma compréhension des relations humaines et dans l'activation des liens de parenté. Ce fut comme une sorte de leçon explicite. Aujourd'hui encore, alors qu'ils ont pris l'habitude de se vendre divers produits, les Wari' sont loin d'être avares, ne manquant jamais de proposer à leurs visiteurs plus ou moins inopinés de partager leur repas. Et c'est toujours sans chichi. Quelques années plus tard, lors de mon séjour avec Paletó et To'o à Sagarana, le village fondé par des prêtres catholiques sur les rives du Rio Guaporé, nous passâmes chez des parents éloignés de To'o alors qu'ils mangeaient du poisson. Ils nous demandèrent si nous avions mangé, et nous répondîment par la négative. Les propriétaires de la maison nous offrirent alors un poisson, puis un autre, que nous mangeâmes également, même s'il était évident que l'abondance ne régnait pas dans cette maison. La convivialité est un trait essentiel et constitutif des relations de proximité.

J'essaye de me souvenir de Paletó durant ces premiers mois, mais il se confond avec l'image que j'ai gardée de lui par la suite. Je revois les angles de son visage, l'absence de cils et de sourcils, arrachés définitivement à l'aide d'une pince (une brindille fendue dans sa longueur), son nez épaté, ses cheveux coupés à hauteur des oreilles, encore tout noirs, la raie au milieu, ainsi que la demi-douzaine de poils de barbe qui dépassaient de son menton, eux aussi arrachés fréquemment et qui, avec le temps, finirent par blanchir. Les Wari' avaient horreur des poils sur le visage, aussi bien que sur le reste du corps, y compris les parties génitales, et les conjoints se les arrachaient dès qu'ils avaient le loisir de passer du temps ensemble. À leurs yeux, les personnes poilues ressemblaient à des animaux, et ils trouvaient ignobles ces Brésiliens barbus qu'on pouvait croiser dans les villes.

Bien que Paletó fût plus petit que moi (le sommet de sa tête dépassait tout juste mon épaule), j'ai toujours eu l'impression de le regarder, lui et tous les autres adultes wari', en levant les yeux, sans doute parce que je me sentais presque comme une enfant en leur présence. Il était mince, mais les muscles de ses bras et de ses jambes étaient bien définis, comme chez son fils Abrão. Ce dont je me souviens le plus clairement, ce sont ses gestes, la façon dont ses bras bougeaient quand il parlait, désignant tantôt une direction, tantôt une autre, et puis sa voix, plutôt grave, toujours discrète, comme il est d'usage chez les Wari' : parler à voix haute, c'est se disputer. Un des premiers souvenirs que j'ai de lui est son rôle durant les répétitions d'un tour de chant en vue d'une fête *tamara,* un type de musique wari'. Paletó, ainsi que je l'écrivis dans mon journal, était « souffleur » : accroupi devant les chanteurs, il leur indiquait les paroles. Quand, quelques jours plus tard, la fête eut lieu, et alors que les chanteurs wari' dansaient bras dessus, bras dessous, formant une longue rangée devant les hôtes qui leur lançaient des piques sarcastiques et les abreuvaient de chicha, Paletó se plaça derrière eux, prêt à leur rappeler les paroles à la moindre hésitation.

Je cherche une photo de lui à cette époque dans mon premier livre et, à ma grande surprise, je constate que c'est la première (celle qui suit est une photo d'Abrão). Paletó est accroupi, affichant un large sourire qui dévoile ses cinq dents du bas, les seules qui lui restaient alors, avant qu'il se les fasse arracher pour porter un dentier. Il est vêtu d'un maillot de football, peut-être du Fluminense, du São Paulo ou du Grêmio, à en croire mon fils André, qui s'avoue incapable de trancher face à cette photo en noir et blanc. Et je remarque soudain cette récurrence de maillots de foot dans les photos que j'ai gardées de lui : la première de ce premier livre et la toute dernière, celle de son cercueil, qu'on m'a envoyée via WhatsApp.

3 LE FRÈRE QUEIXADA

Jusque-là, je n'avais croisé Paletó que de façon sporadique : Wan e' et sa famille habitaient dans une autre partie du village, et c'était auprès d'eux que j'allais lorsque je ne « travaillais » pas, pour me détendre, rire et converser. C'est Wan e' qui définit mes liens de parenté lorsqu'il passa me voir dans la maison où je vivais face à la rivière, à 50 m de chez lui, afin de m'inviter à manger les fruits que ma « mère » avait cueillis. J'acceptai avec une immense fierté et, à partir de ce jour, j'appelai Wan e' « père », son épouse « mère », et ses enfants « frère » ou « sœur ». Tous les autres Wari' devinrent automatiquement mes parents : je n'avais qu'à prêter attention aux termes utilisés par ma fratrie lorsqu'ils s'adressaient aux uns et aux autres, et à les imiter. Ainsi, tous ceux qu'ils appelaient « oncle », « père », « mère », « neveu » et « fils » étaient aussi mes oncle, père, mère, neveu et fils. J'ignorais que Paletó, en tant que frère de Wan e', deviendrait mon père. Ils n'avaient ni le même père, ni la même mère, mais Wan e' était le fils d'une sœur de la mère de Paletó, position équivalente à celle de frère chez les Wari'. Par le passé, ils avaient vécu ensemble dans différents villages, et ils étaient très proches.

Durant le temps que nous passâmes ensemble, écourté par sa mort subite, Wan e' fut pour moi un père exemplaire, m'invitant sans cesse à venir manger ce qu'il y avait chez lui, entrant sans cérémonie dans la maison d'Edna où je résidais, à n'importe quelle heure de la journée, pour en ressortir aussi abruptement. Très souvent, je me réveillais dans mon hamac, cernée de visages, dont celui de Wan e' qui répétait son mantra : « Café, café, café. » Je me levais lentement, les yeux gonflés de sommeil, et, amusée par la situation, je préparais le café sur le petit réchaud que j'avais acheté à Guajará. Puis nous nous asseyions tous autour de la table de bois de la cuisine pour converser. Un jour, un bateau en provenance de la ville m'apporta un fromage (l'un de mes petits plaisirs) que je voulus partager avec mes proches. L'un d'eux, sans s'interroger sur l'étendue de mes progrès dans l'apprentissage de leur langue, demanda à Wan e' si j'avais l'intention de les empoisonner. Je lui répondis en mangeant le premier bout de fromage. Wan e' dévisagea fièrement sa fille apprentie.

Contrairement à aujourd'hui, les portes des maisons n'avaient pas de verrous et tout le monde entrait et sortait librement, dès lors que l'un des occupants se trouvait là. Il y avait parfois des vols, mais ils étaient rares. Les pirogues étaient des propriétés individuelles, mais quiconque désirait pêcher empruntait la première qu'il trouvait. Les produits de la chasse ou de la pêche étaient distribués aux parents proches et aux enfants des autres maisons présents lors du partage, très souvent envoyés par leur mère. Moi-même, qui adorais la viande, j'envoyai à plusieurs reprises mes enfants : je me rappellerai toujours leurs sourires de fierté lorsqu'ils rentraient avec une jolie part de gibier.

Trente ans après, presque toutes les maisons sont équipées d'une télévision, d'un groupe électrogène et d'objets comme des vêtements en tissu synthétique, des DVD et des CD, que leur propriétaire met sous clef chaque fois qu'il s'absente. Les maisons ont des fenêtres, des portes en bois munies de cadenas, des tuiles en amiante, et des rideaux divisent l'espace intérieur en chambres distinctes, où les lits et les matelas ont remplacé les nattes sur lesquelles les Wari' dormaient dans des maisons sans cloisonnement. Certains villageois ont leur balance à eux, grâce à laquelle ils pèsent la viande qu'ils échangent avec leurs voisins, parfois même des parents, contre des produits agricoles, mais de préférence contre de l'argent.

À l'époque de mon arrivée dans ce village, tout le monde possédait la même chose, et les objets manufacturés étaient peu nombreux. On trouvait des machines à coudre, grâce auxquelles les femmes confectionnaient les robes de coton qu'elles portaient. Deux ou trois jeunes avaient des tourne-disques et des vinyles, et animaient les bals hebdomadaires où l'on m'invitait à danser ainsi : « Femme ennemie/blanche, danser ! » Personne ne semblait s'inquiéter du fait que j'étais bien plus grande que tout le monde et tous dansaient divinement bien. C'est à l'une de ces fêtes que je fis la connaissance de Main Tawi, une des filles de Paletó, pleine d'énergie et très convoitée par les jeunes hommes, qui dansait pieds nus dans une robe courte. Les autres jeunes filles, vêtues de la même façon, restaient en groupe dans un coin de la place réquisitionnée pour le bal et attendaient d'être invitées par les jeunes hommes, regroupés dans un autre coin. Ceux-ci s'approchaient, attrapaient l'une d'elles par le bras et dansaient. Dès que la chanson se terminait, les deux danseurs se séparaient pour réintégrer leurs coins respectifs, sans échanger un regard.

La sélection musicale était brésilienne, du *forró* ou du *brega*, avec des paroles romantiques ou à connotation sexuelle, métaphores que la majorité ne saisissait pas. Je m'en aperçus un jour où j'emportai mon magnéto et mes cassettes pour une partie de pêche sur un lac, hors de la réserve. Une femme, évangéliste, qui habitait tout près de l'endroit où nous nous étions installés vint se plaindre auprès de moi, déclarant qu'elle ne voulait pas entendre ce genre de chansons indécentes. Je dus alors traduire aux Wari' ces chansons qui parlaient de coïts dans des voitures et d'autres lieux encore. Elles leur plurent d'autant plus.

Wan e' ressemblait à Paletó. Un peu plus petit, il avait une forme de visage similaire, les yeux plissés et le nez épaté, avec le même sourire épanoui. En tant que chaman, ou *pajé*, Wan e' avait un autre corps, celui d'un queixada (un pécari à lèvres blanches), qui circulait dans la forêt et sous les eaux des rivières pendant que lui dormait, et parfois même lorsqu'il était éveillé. Je précise ici : queixada de notre point de vue, car les animaux se voient eux-mêmes comme des êtres humains, avec un corps humain et une vie sociale identique à celle des Wari'. Wan e' avait la faculté de les voir ainsi, comme des personnes.

Comprenant que cette double vie m'intéressait énormément, Wan e' prit l'habitude de passer chez moi pour me proposer de l'accompagner chaque fois qu'on lui demandait de guérir un malade. Sur place, je m'asseyais à côté des parents qui entouraient la personne souffrante, laquelle avait généralement la tête posée sur les jambes d'un proche, sur la natte de paxiúba qui lui faisait office de lit. Quand la maladie était grave, les parents mêlaient à leur lamentations un chant funèbre, se souvenant à voix haute des bonnes actions du souffrant comme s'il était déjà mort. Venant d'un monde où l'on cherche toujours à cacher au malade la gravité de son état, et ayant l'habitude de me montrer positive en toute circonstance, je fus choquée par ce traitement, d'autant plus que les jeunes enfants n'étaient pas exclus du chœur des pleureurs.

Un jour, Maxun Hat, fils de Wan e', se blessa lors d'une partie de football. Il s'était brisé une côte et il avait très mal. Après qu'il eut passé un certain temps à l'infirmerie du village, on le transporta jusqu'à sa véranda et on le coucha sur un matelas en plastique. Sa tête reposait sur les cuisses de son frère aîné, et sa mère était couchée à côté de lui. Également auprès de lui, Topa', son épouse, avec sur les genoux leur fille de 6 ans, Juliana, celle qui m'offrit ma première larve d'insecte. Les quatre chamans de Rio Negro manipulaient son corps et en suçaient quelques parties, avant de sortir pour cracher le sang qui s'était accumulé dans son abdomen. Autour de lui, tout le monde pleurait en chantant la mélodie funèbre, se remémorant ce qu'il avait fait de son vivant et se lamentant sur l'imminence de sa mort. Lui-même répétait qu'il était sur le point de mourir, que sa femme et sa petite fille se retrouveraient seules. Effrayée par cette scène, je pris Juliana dans mes bras et sortis en tentant de la rassurer, lui disant que son père guérirait, ce qui ne manqua pas d'arriver.

Quelques mois plus tard, Topa' fut hospitalisée à Guajará, suite à une fausse couche. Partie de Rio de Janeiro, je la visitai et lui proposai de donner de ses nouvelles à sa fille, puisque je retournais au village. Topa', assise dans son lit, me remercia et me demanda de dire à Juliana que sa mère allait mourir. Juliana et moi étions devenues très proches. À cause de son goût prononcé pour les colliers et les bracelets, je l'appelais «*perua*» (dinde), mot par lequel on désigne en argot carioca les personnes exagérément portées sur ce genre d'accessoires, à cause de l'attirance supposée des dindes pour tout objet brillant.

Je ne pus me résoudre à lui transmettre ce message de sa mère, et cet épisode me revint à l'esprit presque trente ans plus tard, en 2015, dans la ville de Ji-Paraná, dans le Rondônia, alors que j'assistais à un cours de méthodologie pour de futurs enseignants wari'. Selon leur professeure blanche, les histoires qu'ils créeraient dans le cadre de leur future profession devraient toujours bien se terminer, car on ne doit jamais raconter de tragédies aux enfants. Je n'intervins pas pour leur demander s'ils partageaient cet avis. Quoi qu'il en soit, quand l'enseignante leur demanda ensuite par quoi ils devraient finir leurs histoires, tous répondirent à l'unisson: «Et ils vécurent longtemps et heureux.»

À l'instar de Juliana, tous les enfants du village me suivaient partout où j'allais: je portais les plus petits à la façon wari', calés contre ma hanche. J'appelais l'une d'elles «*terere*» (papillon), parce qu'elle me demandait toujours de dessiner un papillon sur son bras, au stylobille. Orowao, une petite de 2 ans, passait à la maison pour que nous allions nous baigner dans la rivière. Frederico, encore bien jeune, venait souvent me demander de lui recoudre son short déchiré, et Roberto, qui aujourd'hui est élu municipal, n'était jamais loin, portant parfois un énorme magnétophone sur le dos. Aujourd'hui, quand 'je vois leurs enfants à eux pour la première fois, il m'arrive de perdre la notion du temps et de les confondre avec leur père ou leur mère au même âge.

Wan e' menait très souvent ces séances de guérison avec l'assistance des trois autres chamans de Rio Negro : Wao Tokori, lui aussi queixada, Orowam, jaguar, et Wem Karamain, *traíra*, une espèce de poissons d'eau douce carnivores. Chaque fois que c'était possible, tous les quatre agissaient ensemble : ils examinaient le corps de la personne malade, suçaient et recrachaient le sang coagulé quand ils en voyaient, retiraient même des poils, de la nourriture et des parures appartenant aux animaux qui essayaient d'emporter son double pour en faire un membre de leur société. Wan e' poussait des grognements de queixada, se frottait les yeux et, d'une main, soulageait le corps du malade de ces choses pour les tenir de l'autre, qu'il gardait fermée jusqu'à ce qu'il soit en mesure de les jeter hors de la maison. Parfois, lui ou l'un des autres chamans montraient aux personnes présentes l'un des objets en question, un poil ou une graine, avant de s'en débarrasser. Ce qui caractérise le chaman, c'est précisément cette capacité visuelle ; je ne connaissais le village que depuis peu quand un homme m'expliqua en portugais ce qui amenait à devenir chaman : le fait de « libérer » ses yeux, *soltar*, ce qui sous-entendait que le regard des non-chamans était prisonnier, limité.

Chacun des quatre chamans officiait à sa façon, conformément au comportement de l'animal qui lui était associé. Orowan rugissait comme un jaguar et Wem Karamain se positionnait au-dessus du corps du malade en faisant mine de flotter, de nager comme un poisson. Ils n'étaient pas en transe, comme je le croyais jusqu'à ce jour où, au beau milieu d'une guérison, alors que Wan e' se comportait comme un queixada, Orowao Xik Waje, sa femme, l'informa qu'elle rentrait chez eux. Wan e' lui répondit aussitôt qu'il ne tarderait pas, avant de se comporter de nouveau comme un queixada. Je compris alors que ses deux corps pouvaient coexister sans que l'un asservisse l'autre, comme cela arrive lors de possessions religieuses plus connues.

À la fin de ces séances de guérison, les chamans parlaient tous en même temps des causes probables de la maladie, qui, lorsqu'elle touchait des enfants, était toujours associée au viol d'un ou de plusieurs tabous alimentaires par les parents de la victime, ou par leurs éventuels partenaires sexuels, ce qui suscitait systématiquement des remous dans l'assistance, et même parfois des disputes de couple. Comme chaque conjoint savait ce que l'autre avait mangé (puisque tous deux partageaient leurs repas), la transgression du tabou – par exemple manger des oiseaux avec des griffes quand on a un bébé – ne pouvait avoir eu lieu qu'en dehors du noyau conjugal et constituait en soi la preuve d'un adultère. Je rentrais à la maison avec Wan e', parfois tard dans la nuit, et, le lendemain, je lui demandais de me raconter en détail ce qui s'était passé.

Durant les pauses de ces conversations, j'allais me baigner dans la rivière avec son épouse, emportant mon savon Phebo de Rosas qu'elle adorait et qui, aujourd'hui encore, est son cadeau préféré. Il est très commun de surveiller les déplacements de chaque villageois: on nous demandait parfois, en riant, pourquoi nous allions nous baigner ensemble. Orowao Xik Waje m'enseigna la bonne réponse : parce qu'ainsi est notre corps. Pour les Wari', c'est dans le corps que résident les goûts, les sentiments, la manière d'être de chacun. Nous baigner ensemble, c'était notre façon de faire à nous. Des années plus tard, Orowao Xik Waje deviendrait la grand-mère de mes enfants.

À cette époque survint une épidémie qu'ils nommèrent « feuille étrange ». On racontait que les jeunes hommes, afin de séduire les jeunes femmes, leur soufflaient une feuille à l'intérieur de la tête, qui les rendait folles et les poussait à se comporter bizarrement avec leur entourage. Les parents des victimes, inquiets, les emmenaient voir les chamans, qui les soulageaient des feuilles, les montraient à toutes et tous, puis exhortaient les jeunes hommes à ne plus recommencer, car le danger qu'encouraient les jeunes filles était trop grave : incapables de reconnaître les êtres humains, elles étaient susceptibles de se faire enlever par des animaux. Certaines de ces guérisons se déroulèrent au beau milieu d'un bal : les couples dansaient sur la musique à plein volume et, au milieu de la piste, une jeune malade gisait, entourée par les chamans. Ils adressaient la même exhortation finale malgré le vacarme et la cohue qui, à ma grande surprise, ne les dérangeaient nullement. Je devais comprendre bien plus tard que c'était ainsi que les Wari' s'adressaient à un groupe. On ne parle jamais directement à un auditoire, qui de son côté n'est pas même tenu de manifester son attention. On s'exprime, entende qui veut.

J'étais chez moi, à Rio de Janeiro, en 1991, lorsqu'on m'appela de Guajará-Mirim pour m'informer que Wan e' était mort. Le choc et la tristesse m'empêchèrent de demander les détails de son décès. Je me souviens que le jeune homme au bout du fil tentait de me consoler, me rappelant que Wan e' était sous l'eau, où il dansait aux côtés de ses parents défunts.

À mon retour à Rio Negro en 1992, mes amis les plus proches m'accueillirent avec tact et m'annoncèrent de nouveau sa mort. En me voyant pleurer, quelqu'un (j'ai oublié qui) me déclara que l'un des autres chamans avait déjà vu Wan e' sous l'eau, qu'il allait bien, qu'il avait rajeuni, qu'il s'était remarié et qu'il avait eu des enfants. Un jour, il viendrait à nous sous sa forme queixada, afin de s'offrir en tant que gibier, et, après avoir été mangé, il ressusciterait et retournerait dans le monde des morts, de nouveau dans son corps humain, jeune et vigoureux. C'était ainsi que vivaient les morts avant le paradis chrétien, allant et venant entre les mondes, toujours en contact avec les vivants, à qui, même si ces derniers ne pouvaient les reconnaître, ils aimaient rendre visite.

4 LES MAISONS

Même si Paletó est entré lentement dans ma vie, j'ai le sentiment que notre relation fut intense dès mes premiers mois à Rio Negro. Au début, nos conversations se déroulaient presque toujours grâce à Abrão, qui s'échinait à traduire la verve de son père. Je me souviens de la maison de Paletó, à l'époque. Tout au bout du village, loin de la rivière, elle était surélevée, avec des murs de paxiúba identiques à ceux des autres maisons (à travers lesquels on entendait et on voyait tant de choses qu'ils auraient mérité de s'appeler des « non-murs »), ainsi qu'un toit de paille de *patauá*, un palmier amazonien, sans véranda. Devant la maison, il y avait un banc en bois, où je le voyais souvent assis, en train de parler avec ses enfants et d'autres villageois. C'est là que je pris cette photo où on le voit sourire, vêtu du maillot de foot qu'André n'a pu identifier. À l'intérieur de la maison, une grande moustiquaire carrée restait enroulée toute la journée, dévoilant l'empilement des nattes sur lesquelles dormaient Paletó, son épouse, ses filles Main Tawi et A'ain Tot, alors adolescentes, ainsi que Davi et Ja, encore petits. Abrão dormait de son côté, dans un hamac tendu au fond de la maison. La fille aînée, Orowao Karaxu, déjà mariée, habitait une autre maison du village.

À cette époque, Paletó avait une autre maison, dans une localité du nom de 'Ta' Nakot, à environ deux heures de marche du poste Rio Negro-Ocaia, où il résidait durant les périodes de plantation et de récolte du maïs. La première fois que je m'y rendis, j'accompagnais un petit groupe de femmes parties récolter du miel et cueillir des fruits d'*ingá*. La deuxième fois, ce fut pour planter du maïs, avec un neveu de Paletó, A'ain, et sa femme, qui y avaient aussi une maison. La troisième maison appartenait à Awo Kamip, un autre neveu, qui devint par la suite pasteur de l'église locale. À ces deux premières occasions, nous rentrâmes au village avant le soir, sans y passer la nuit.

La première fois que je dormis sur place, ce fut après avoir supplié A'ain de m'emmener avec lui et les siens : les Wari' doutaient de ma capacité à survivre hors du village. Un peu contrarié (je crois), A'ain, un homme de belle taille, au visage très large, passa chez moi sans crier gare, de bon matin, tout juste vêtu d'un short, un arc et des flèches à la main. « On y va ! », se contenta-t-il de dire. Je m'empressai de fourrer dans mon sac à dos quelques affaires, une moustiquaire et un sac de couchage. Au début de l'expédition, je courais derrière le groupe, mais A'ain ne tarda pas à se placer derrière moi, se calant sur mon rythme pour veiller sur moi. La peur qu'il disparaisse me saisit lorsque je le vis s'écarter du sentier pour plonger dans la forêt. «Je vais chier», annonça-t-il. Je m'arrêtai pour l'attendre en regardant les autres s'éloigner.

Ils m'installèrent dans une maison sans murs, encore en construction, et j'y passai quelques jours parmi les plus beaux de ma vie, croyant innocemment que la menace d'attaques nocturnes de jaguars n'était qu'une plaisanterie des Wari' pour me faire peur.

Je les aidais à planter du maïs et ils m'en offrirent pour que je prépare ma première pamonha. Tout comme le faisaient les femmes, je m'assis en tailleur devant un gros bout de bois raboté, sur lequel, dans un mouvement de balancier, la pierre ovale devait moudre les grains mélangés à un peu d'eau. À côté, une petite marmite recueillait la pâte. Une fois tous les grains moulus, on mettait traditionnellement la pâte dans un long récipient en feuilles de palmier cousues à l'aide d'épines que l'on fermait au moyen de nervures de feuilles. Ce récipient pouvait être plongé dans une marmite d'eau bouillante ou déposé sur la braise d'un moquém. C'est cette seconde recette qui a ma préférence, mais toutes deux sont succulentes. Si on cuit cette pâte directement dans la marmite en y ajoutant de l'eau, on obtient de la chicha de maïs doux. Si on la laisse reposer après l'avoir pétrie et mâchée, cela devient ce qu'on appelle de la chicha aigre, fermentée et enivrante. Cette toute première fois, je réussis parfaitement à moudre le maïs, mais ne parvins pas à coudre le récipient, ce qui fit rire les femmes présentes, qui ne mirent pas longtemps à m'apporter leur aide. À notre retour après plusieurs jours d'absence, le village apprit très vite que j'avais préparé de la pamonha, et j'entendis ici et là des gens s'exclamer, une fois de plus, que j'étais enfin devenue une vraie Wari'. L'enthousiasme fut encore plus net lorsque, début 1987, je préparai de la pamonha pour Beto, venu me rendre visite. Les villageois furent unanimes: en faisant de la pamonha à mon mari, je devenais une authentique femme wari'.

Mon manque d'adresse dans les travaux manuels a toujours été flagrant, et ce n'est que récemment que j'ai réussi à confectionner seule un récipient de pamonha qui ne se disloque pas. Les femmes wari' sont quant à elles extrêmement habiles. Durant les collectes de miel, elles fabriquaient en un rien de temps, avec la feuille d'une espèce bien précise de bananier, un récipient imperméable équipé d'une petite anse en liane, afin que nous puissions transporter le produit de notre récolte. Un jour que je me rendais chez Paletó à Ta' Nakot, accompagnée de ma sœur cadette Ja, une tempête nous surprit en chemin. Ja, encore petite, me demanda mon couteau et coupa plusieurs feuilles de bananier sauvage aux longues tiges qu'elle planta dans la terre, nous assurant ainsi un abri provisoire. Je me rappellerai toujours sa silhouette fluette, avec ses cheveux très courts et sa frange, à la façon des femmes wari', qui contrastait fortement avec les gestes décidés et la voix puissante qui la caractérisent. J'arrivai à Ta' Nakot mon sac de couchage quasi sec, même si mes vêtements avaient connu un tout autre sort.

Je garde des souvenirs très vivaces de toutes les fois où je me suis rendue à Ta' Nakot, de mes éclats de rire lorsque je parlais avec Abrão et d'autres jeunes, conversations qui me replongeaient dans l'adolescence et me donnaient l'impression d'être tout à fait chez moi. Une fois, alors que nous marchions, ils me demandèrent de leur apprendre l'hymne du Flamengo. Je leur appris ensuite d'autres chansons populaires brésiliennes, et nous chantâmes durant le reste du trajet afin qu'ils gardent bien les paroles en tête.

Durant cette période, je dus changer à plusieurs reprises de domicile. Edna, l'enseignante qui m'avait accueillie à mon arrivée, se maria avec Valdir, le fonctionnaire de la Funai qui assumait les fonctions de chef de poste. Elle emménagea chez lui. De nouvelles enseignantes vinrent la remplacer et occupèrent les deux chambres du logement. Comme aucune famille ne m'invita chez elle, Valdir me proposa de m'établir dans la maison qui servait d'entrepôt à outils, que je passai plusieurs jours à nettoyer afin de la rendre habitable.

Contrairement à chez Edna, il n'y avait ni eau courante ni toilettes (dans sa maison, celles-ci se trouvaient à l'extérieur, près de la porte arrière), et je pris l'habitude d'aller remplir des seaux à la rivière afin de pouvoir boire et cuisiner. À l'exemple des femmes et des enfants du village, je descendais autour de midi avec une bassine remplie de la vaisselle du déjeuner et un seau de vêtements sales. Nous restions là pendant plus de deux heures, à nous baigner et à converser, et j'appris là une foule de choses sur la vie des Wari'. L'absence de toilettes fut un peu plus compliquée au quotidien. Mes voisins et moi faisions nos besoins dans un bosquet proche de la maison d'une famille appartenant à une autre ethnie, celle des OroWin, qui, à la suite d'un massacre dans les années 1970, avaient été relogés au poste Rio Negro-Ocaia. Bien que cette famille fît usage du même bosquet, dont la grandeur assurait une parfaite intimité, un beau jour, au terme d'un échange tendu avec moi, le père pris de colère coupa toutes les plantes qui le composait, nous obligeant, mes voisins, moi, mais aussi lui et ses proches, à utiliser un autre bosquet, assez éloigné.

Quand les autres parties de l'entrepôt à outils, séparées de la mienne par de petits murets, étaient occupées par des visiteurs, notamment des ouvriers engagés pour réaliser des travaux dans les maisons de la Funai, j'allais m'installer chez l'un ou l'autre de mes amis wari'. Désormais, ils ne m'invitaient plus, ils m'obligeaient littéralement à accepter leur hospitalité : craignant pour ma sécurité, ils venaient eux-mêmes me chercher. Je vécus ainsi avec Xatoji, Topa', Maxun Hat et Juliana, et je me souviens encore de nos discussions, la nuit, couchés à l'abri sous nos moustiquaires. Aux premières lueurs du jour, les aras nous réveillaient en imitant les queixadas. Je ne sais plus très bien pourquoi je ne fus pas hébergée chez Paletó, sans doute parce qu'à l'époque j'étais plus proche de son fils, Wan e', et de sa famille.

À l'occasion de mes séjours suivants, la maison des enseignantes fut de nouveau disponible, une chance puisqu'en 1992 j'emmenai pour la première fois mon fils Francisco, alors âgé d'un an et demi. Je dormais par terre avec ma moustiquaire, et lui dans un lit de bébé suspendu, avec sa propre moustiquaire intégrée. L'année d'après, la maison étant de nouveau occupée, Beto, Francisco et moi nous installâmes dans la maison des transmissions radio, une petite pièce attenante à la maison du chef de poste.

À la fin des années 1990, après avoir passé plus de trente ans dans des maisons du poste, Paletó et sa famille décidèrent de fonder un nouveau village, plus en aval, près de l'embouchure du Rio Negro, dans une localité du nom de Boca, à la limite de la réserve indigène. À les en croire, ils déménagèrent à cause des vols de poules, qui les empêchaient d'élever ces volailles. Orowao Karaxu et sa famille vivaient déjà loin, sur les rives du Rio Mamoré, où son mari, Orowao Kun, travaillait pour la Funai.

Je découvris leur nouveau lieu de vie en juillet 2001, à l'occasion d'un bref séjour d'un mois dont le seul objectif était de les retrouver après cinq ans d'éloignement. Chagas, le pilote, me conduisit une fois de plus à destination et, avec mes frères, m'aida à décharger mes bagages et à installer mon petit matelas (qu'avec l'âge je pris l'habitude d'emporter), mon sac de couchage et ma moustiquaire dans la maison de Paletó, sur le bout de plancher de paxiúba qui me fut attribué. Beaucoup de gens vivaient dans cette maison, y compris les beaux-parents d'Abrão, qui plus tard construiraient leur propre maison dans le même lieu. Sous ce toit se trouvaient deux femmes enceintes : l'épouse d'Abrão, Tem Xao, et notre sœur Ja. Je m'en souviens clairement parce que très souvent nous nous retrouvions toutes les trois dehors, au beau milieu de la nuit, accroupies en train d'uriner.

Des années auparavant, j'avais joué un rôle important dans le mariage d'Abrão. À en croire les rumeurs, il aimait une fille de Rio Negro, mais on lui avait arrangé un mariage avec une autre, sœur du mari de sa sœur cadette, Main Tawi, qui se maria avant lui. L'union de deux personnes ne s'accompagnait pas d'une cérémonie à proprement parler, mais à cette époque, les parents des époux avaient coutume de se retrouver pour former une ronde, debout, avec les deux jeunes gens assis au milieu, et de s'approcher d'eux pour leur dire, par exemple, que la jeune épouse devrait cuisiner pour son mari et prendre soin de lui, et que lui devrait chasser, pêcher et veiller à ce qu'elle ait toujours à manger. Tous étaient déjà réunis lorsque Abrão partit se cacher chez un cousin. On me demanda d'essayer de le convaincre en ma qualité de sœur aînée. On parvint à conduire Abrão chez moi (je m'étais alors installée dans l'entrepôt). Une fois la porte refermée, je le sermonnai comme le font les parents wari', lui disant qu'il était déjà adulte, qu'il était temps pour lui de se marier et qu'il ne pouvait pas laisser ainsi cette jeune fille qui l'attendait entourée de leurs deux familles. Abrão me répétait qu'il ne voulait pas se marier, avançant qu'il avait pour projet d'étudier et de voyager. Mais il finit par céder, et nous allâmes retrouver le reste des participants. Abrão resta figé sur place quand les parents de sa jeune épouse lui dirent de l'emmener chez lui. Debout à côté de lui, je me penchai et lui murmurai à l'oreille, en wari' : « Appelle-la ! » Il se dirigea alors vers elle, lui prit délicatement le bras et la conduisit chez lui. Aujourd'hui, je ne pense pas que je serais capable d'accepter une telle mission, mais par chance, il semble qu'Abrão fut finalement très content du dénouement. Il donna à sa première fille le nom d'Aparecida.

Durant cette brève visite chez Paletó en 2001, je décidai d'emblée de ne pas travailler et me consacrai avec plaisir à une oisiveté quotidienne. Je me réveillais, pliais ma moustiquaire pour l'attacher en hauteur, enroulais mon sac de couchage et mon matelas et je descendais jusqu'au bord de la rivière avec ma petite tasse de métal émaillé, que j'utilisais pour me brosser les dents et boire mon thé. Vers midi, avec les autres filles, j'y retournais pour me baigner et, à la nuit tombée, je réinstallais mon lit. Je devins si paresseuse que je cessai même de me coiffer pendant plusieurs jours, convaincue de me rapprocher de la nature, sans miroir et heureuse, jusqu'à ce que Paletó, avec un tact infini, s'asseye à côté de moi pour me dire que j'étais une belle femme et qu'il fallait que je me coiffe, parce que j'étais en train de devenir vraiment très laide.

Treize ans plus tard, lors de ma dernière visite à Rio Negro en juillet 2014, Paletó vivait toujours à Boca, mais chez Ja, sa fille cadette, avec sa femme, To'o, et son fils Davi. À une centaine de mètres de là, que Paletó parcourait chaque jour en s'aidant d'une canne, se trouvaient les maisons d'Abrão et de Main Tawi. Cela faisait six ans que je n'étais pas revenue, même si j'avais accueilli Paletó en 2012 à Rio de Janeiro, déjà un peu amoindri, mais avec toute sa tête et sa verve. Je gravis la rive en direction de la maison de Ja en m'écriant comme je le faisais toujours : « Père, père, je suis arrivée », et je l'aperçus de dos, accroupi devant la maison : il ne se retourna pas vers moi. Effrayée, je demandai à Ja s'il allait me reconnaître, s'il se souvenait encore de ses proches, s'il avait du « cœur », ainsi que les Wari' désignent l'esprit. Ja éclata de rire en me disant que oui, bien évidemment, et qu'il ne tarderait pas à venir me parler. Elle tira alors un banc sur lequel elle m'invita à m'asseoir. Paletó s'approcha, saisit mon épaule et se mit à pleurer. C'était une sorte de lamentation scandée qui me rappela le chant funèbre, il me confia que son corps n'était plus bon à rien et qu'il était triste que je le voie dans cet état. Pour la première fois, je remarquai les effets de la maladie sur son corps. Son regard était à moitié absent, sa démarche pénible, ses articulations raidies.

La maison était surélevée, avec une grande véranda où se dressait une gazinière et qui donnait sur deux chambres ouvertes équipées d'un lit double, d'un matelas et d'une moustiquaire. Dans l'une d'elles dormaient Ja, son mari – un jeune homme de l'ethnie Aruá –, la fille aînée adolescente, que Ja avait eue alors qu'elle était encore célibataire, les deux filles du couple et le frère de Ja, Davi ; l'autre chambre était occupée par Paletó et To'o. Davi et les filles passaient peut-être d'une chambre à l'autre, d'un lit à l'autre, sans place fixe, comme il est d'usage chez les Wari'.

J'ai toujours adoré Davi, que j'ai connu l'année de ses 7 ans. C'était un petit garçon très sensible, attentif à tout, qui adorait dessiner. Bébé, il fut victime de la poliomyélite, qui le priva de l'usage de ses jambes. Quand il était petit, ses parents le portaient sur leur dos pour aller à la roça ou à la rivière, mais à mesure qu'il grandissait, ces déplacements se firent de plus en plus difficiles. On lui procura un fauteuil roulant, qui s'avéra si inutile sur le sol irrégulier des sentiers qu'il fut vite relégué à la fonction de jouet pour les enfants qui s'en servaient comme d'une sorte de caisse à savon. Il devint un homme vigoureux, à l'humeur toujours au beau fixe malgré les énormes contraintes qui pesaient sur son existence. Si auparavant il pouvait encore être transporté jusqu'à une pirogue où, en compagnie de ses proches, il donnait la pleine mesure de ses talents de rameur et de pêcheur, plus personne n'est aujourd'hui assez fort pour le porter, ne serait-ce que pour l'aider à se baigner dans la rivière, et il a besoin de l'assistance de quelqu'un pour à peu près tous les gestes de la vie quotidienne. La dernière fois que je le vis, en 2014, il s'était fait décolorer les cheveux et avait acheté avec sa pension d'invalidité une antenne parabolique et une télé, grâce à laquelle nous assistâmes aux matchs de la Coupe du monde, une des rares fois de ma vie où je soutins une équipe de foot. Paletó et To'o s'inquiétaient constamment pour Davi, au sujet de son alimentation, de sa toilette, et veillaient scrupuleusement à le laisser entre de bonnes mains lorsqu'ils se rendaient dans les villages voisins. Ja prit sur elle de s'occuper de son frère, et la complicité qui les liait était unique. Durant l'un des matchs de la Coupe du monde, je préparai un gâteau fourré à la marmelade de goyaves que je cuisis dans leur four. Lorsque je distribuai les parts, au milieu de nos cris de supporters, Ja veilla tout particulièrement à ce que Davi ait la sienne.

Le lit de Paletó et de To'o occupait la quasi-totalité de leur chambre dans la maison de Ja, avec une petite étagère où reposaient divers objets et quelques habits. La majeure partie de leurs vêtements se trouvait dans une malle sous leur lit, où To'o rangea précautionneusement ceux que je leur donnai lors de cette visite. Parmi tous les cadeaux que j'avais apportés, Paletó adora l'écharpe rouge que lui offrit mon père et qu'il décida de porter aussitôt malgré la chaleur extrême de ce mois de juillet. À plusieurs reprises au cours de la journée, Paletó se coucha pour dormir, me demandant de lui donner de l'eau qu'il buvait à l'aide d'une paille.

Sur le mur latéral de la chambre de Paletó étaient accrochées deux photographies encadrées. Sur l'une, on voyait Ja, son mari et ses filles, et sur l'autre, deux de ses filles, son frère Davi et une nièce, fille de Main. Je fus aussi étonnée par l'exposition de ces représentations (une grande nouveauté dans la culture wari') que par les tenues de gala occidentales. Ja portait une longue robe de mariée, son mari un costume et une cravate. Sur l'autre photo, Davi était en pantalon et en chemise, debout, bien droit, comme si ses jambes n'étaient pas atrophiées. Les petites étaient également vêtues de robes blanches à dentelles. Je demandai à Ja s'ils avaient acheté ces vêtements et, à ma grande stupéfaction, elle me répondit qu'il s'agissait de photomontages, spécialité d'un photographe de Guajará-Mirim qui faisait fureur chez les Wari'.

J'ai appris depuis que ce succès ne se limitait pas à leur peuple : chez une amie carioca, dont le fils ne peut marcher, j'ai vu un portrait de ce dernier offert par sa nounou, debout, avec un petit costume et des chaussures cirées. J'ai alors pris conscience d'une chose tout à fait banale mais qui n'avait jamais retenu mon attention jusqu'ici : les photographies ne sont pas nécessairement des reproductions fidèles de la réalité comme nous avons l'habitude de le croiser. Elles peuvent projeter des réalités parallèles, désirées et imaginées, les rendant ainsi tangibles. Les Wari' se sont approprié la photographie non pas pour sa fixité, sa fonction de miroir du monde, mais comme un média de transformation, de projection des corps dans un autre monde, ce qui fait éminemment écho aux chamans et à leurs corps alternatifs. De fait, le mot wari' désignant un reflet ou une image est le même qui se réfère au double d'une personne, ce double qui mène une existence parallèle du vivant des chamans, et uniquement après la mort pour les non-chamans. Maxun Kworain, chaman de grande renommée, avait lui aussi les jambes atrophiées : il était parfois sujet à de grandes fatigue, à cause de son double queixada qui, avec ses membres parfaits, courait sans cesse dans la forêt.

Quand Paletó visita le Pain de Sucre à Rio pour la première fois, il s'étonna qu'un portraitiste les ait photographiés, Abrão et lui, sans leur demander la permission. Voyant ce qu'il vendait, il eut ce commentaire : « Quelqu'un a fait nos images, il a pris nos doubles pour les mettre sur une assiette. »

À l'occasion de cette visite à Boca, je constatai que plusieurs autres maisons abritaient des photos semblables. Je restai même bouche bée face à l'une d'elles, où l'on voyait un homme récemment décédé, en costume, dans un paysage qui évoquait la Suisse, avec montagnes et cascade en arrière-plan. À côté de ce portrait sous verre était accroché celui de son épouse, elle aussi morte depuis peu, dans le même paysage, avec une longue robe. Je me souviens qu'en 1986 les Wari' les plus âgés m'interdisaient très souvent de les photographier en expliquant qu'à leur mort ces images attristeraient leurs enfants, et j'essaie de comprendre ce qui, en trente ans, les a fait changer d'avis aussi radicalement, au point qu'ils exhibent désormais chez eux des photos de leurs morts. Comme dans les cas dont je viens de parler, il s'agit sans doute d'un moyen de projeter une réalité désirée, celle d'une vie après la mort dans les cieux chrétiens, un lieu paradisiaque associé au monde des blancs, où tous et toutes portent de beaux habits et de belles chaussures, à l'instar de Paletó lors de son enterrement.

La maison de Boca ne fut pas la dernière dans laquelle Paletó vécut : il passa sa dernière année chez sa fille aînée, Orowao Karaxu. Après quelque temps du côté du Rio Mamoré, elle s'était installée à Linha 26, l'un des villages auxquels on accède par de petites routes reliées à la BR 364, en provenance de Porto Velho, avant d'arriver à Guajará, où l'on distingue encore sous l'asphalte les vestiges de la fameuse ligne ferroviaire Madeira-Mamoré.

Bien qu'elle soit ma sœur aînée, Orowao doit avoir le même âge que moi : elle est née peu avant que les Wari' entrent véritablement en contact avec les blancs. Quand je fis sa connaissance à Rio Negro, elle avait déjà quatre filles, et ne tarda pas avoir trois garçons par la suite, qui furent durant un certain temps les seuls petits-fils de Paletó. Sa fille aînée, Toko Pi'am, faisait partie des enfants qui me suivaient partout. Elle mourut des suites d'une grossesse extra-utérine, âgée d'une quinzaine d'années et déjà mère d'une fille. Toko Pi'am était d'une beauté irréelle. La troisième fille d'Orowao Karaxu, Tokohwet, me tint très souvent compagnie la nuit, envoyée par sa mère afin que je ne dorme pas seule. Je fus contrainte de dormir de nouveau seule lorsqu'elle contracta la malaria, à cause d'une vague épidémique qui sévit 'autour du Rio Negro. Elle dut passer plusieurs jours couchée dans un hamac, victime d'une forte fièvre et de vomissements.

J'ignore comment, à cette époque, entourée de tant de malades, j'échappai à la malaria. Je ne peux attribuer cette chance qu'à l'antimoustique que j'emportais partout avec moi, dans une pochette contenant également mon carnet de notes et un stylo, ainsi qu'à mes pantalons, mes chemises à manches longues, mes baskets et mes chaussettes, que je portais systématiquement quand le soleil déclinait, à cette heure où les moustiques devenaient complètement fous, au point de piquer à travers le tissu. Sans oublier, bien évidemment, ma moustiquaire. Ce précieux pan de tulle n'était pas seulement utile contre les moustiques : il protégeait aussi des invasions de blattes.

L'une d'elles survint en 1987 et si je m'en souviens encore, c'est parce qu'elle eut lieu en avril, le jour de mon anniversaire. Je vivais alors dans le petit entrepôt du village. Je dormais sur une natte posée au sol, garnie d'un sac de couchage. Un matin, en ouvrant les yeux, je constatai que la moustiquaire naturellement jaune clair était totalement sombre, comme si le soleil ne s'était pas encore levé. Il me fallut un certain temps pour que je me rende compte qu'elle était complètement recouverte de blattes. Je me creusai la tête pour trouver un moyen de sortir de là, mais mon envie pressante me poussa malgré moi à me lever d'un bond, soulevant la moustiquaire et chassant les insectes tombés dans mes cheveux. Cet épisode me décoinça tellement que, dès lors, je pris l'habitude d'écraser ces bestioles à mains nues, sans même m'aider d'une sandale.

Je n'ai jamais habité dans la maison d'Orowao à Linha 26, mais je m'y suis rendue en janvier 2005, à l'occasion d'un séjour à Linha 29, un village tout proche, dans la maison où Paletó vécut environ deux ans lorsque la Funai encouragea à occuper les zones les plus menacées de la réserve indigène, politique qui avaient poussé Orowao et sa famille à s'établir dans la même région, pourtant loin de son lieu de naissance.

Ce petit village ne comptait que deux maisons : celle de Paletó, de To'o et de Davi, et celle de sa fille A'ain Tot, de son mari et de leurs enfants. Notre sœur cadette Ja, encore célibataire, y vivait également en compagnie de sa fille, Leila. Avec mes deux fils André et Francisco (âgés respectivement de 6 et 14 ans), je fus hébergée dans la maison d'A'ain Tot, construite à l'ancienne, avec un plancher et des murs en paxiúba, un toit de paille, sans cloisons intérieures. Très généreusement, on nous laissa un côté entier de la maison. La nuit, les nattes de paille accueillaient ce qui me semblait être une multitude de personnes, à l'abri sous une seule et même moustiquaire. Les réveils, lorsqu'une par une ces personnes sortaient de ce chapiteau protecteur, me rappelaient une scène curieuse d'un de mes films préférés, *Nanouk l'Esquimau*, où l'on voit une foule de gens, accompagnés d'un ou deux chiens, descendre d'un canoé. Dans notre coin, j'accrochai un hamac pour chacun de mes enfants et, au milieu, je posai mon petit matelas par terre, protégé par ma moustiquaire en forme de nasse dont je ne me séparais jamais. Les hamacs des enfants, semblables à ceux que les *gringos* achètent pour camper dans la forêt, et que je tenais d'un ami français, comportaient eux-mêmes une moustiquaire. L'espace étant réduit, il arrivait qu'en remuant dans leur sommeil mes fils fassent bouger la mienne, ce qui me réveillait aussitôt.

Mais cela ne me gênait pas. Bien au contraire : le fait de se trouver sous le même toit, les uns contre les autres, était extrêmement agréable. J'ai toujours eu la faculté (en tout cas jusqu'à une date relativement récente, lorsque mon dos était encore assez solide) de me sentir chez moi dans des lieux très divers. Il me suffit de pouvoir ranger mes affaires à des places fixes afin de pouvoir m'en saisir même dans l'obscurité : gourde, lampe, antimoustique, savon, et la pochette dans laquelle se trouvent mon carnet et mon dictaphone. La seule chose qui me gêna lors de ce séjour fut la petite radio à piles qu'on allumait tous les jours, aux alentours de 5 heures du matin, sur une station évangélique. L'appareil ayant du mal à capter la fréquence, le volume était poussé au maximum : sur les ondes, on passait brusquement des murmures aux cris, et je me réveillai systématiquement dans un bond. En tant qu'invitée, je n'eus pas le courage de demander à ce qu'on baisse un peu le son, mais si cela devait m'arriver aujourd'hui, je ne doute pas que je le ferais, l'âge m'ayant rendue moins tolérante à ce genre de choses.

Sous la moustiquaire qui se trouvait à côté de nous dormaient A'ain Tot, ses enfants et son mari, ainsi que Ja, sa fille et ses deux neveux qu'elle hébergeait momentanément. A'ain Tot, toute discrète et timide qu'elle était, avait été à l'origine d'un incident particulièrement tendu plusieurs années auparavant, auquel j'avais assisté.

Durant un trajet jusqu'au village de Lage Novo, cette petite jeune fille qui n'ouvrait jamais la bouche se décida à révéler à ses parents qu'elle était tombée enceinte et qu'elle ignorait qui était le père. Furieux, Paletó fondit sur elle, et bien qu'attristée par la situation, j'intervins sans réfléchir et lui demandai de s'apaiser : après tout, A'ain Tot était enceinte, on ne pouvait plus rien y faire et, qui plus est, elle avait à présent extrêmement peur. Les esprits finirent par s'apaiser. Le bébé naquit et fut élevé par sa mère et ses grands-parents, jusqu'à ce qu'A'ain Tot épouse Moroxin, qui adopta sa fille. Durant les jours que je passai dans cette maison, Moroxin, très bon chasseur, partait souvent à l'aube avec sa carabine pour rentrer l'après-midi avec une proie. Un jour, il revint avec un porc-épic qui, bien que mort, blessa André qui s'en était approché par curiosité. Ce ne fut pas une mince affaire que de lui retirer ces épines plantées dans sa peau tandis qu'il pleurait de douleur. Pour le consoler, Paletó lui raconta que jadis, dans l'obscurité de la nuit, une femme avait pris un porc-épic pour un tatou et avait voulu l'attraper en s'asseyant dessus. Les épines s'étaient plantées dans son anus et sa vulve, et elle avait beaucoup crié.

Ce fut pour mes fils une période riche d'apprentissages. Francisco connaissait déjà la gastronomie wari' et, si mes souvenirs sont bons, il aimait particulièrement l'agouti, ce rongeur d'Amérique du Sud. Durant ce séjour, il partagea son temps entre la lecture des nombreux livres qu'il avait apportés, couché dans l'une des maisons, et les longues baignades dans les *igarapés*, ces cours d'eau forestiers secondaires, où il replongeait dans l'enfance. Un jour, il me dit qu'il préférait cet endroit à Cambridge, où nous avions vécu l'année passée.

André empoignait son petit arc et sa petite flèche, cadeaux de Paletó, et prenait la direction du mato, la brousse qui nous entourait, disant qu'il nous trouverait à manger. Il revenait toujours bredouille, mais il emplissait de fierté son grand-père wari' : Paletó s'enorgueillissait des progrès constants de Francisco avec son arc, résultat des enseignements qu'il lui avait prodigués depuis un très jeune âge. Des années auparavant, j'avais filmé mon fils aîné en train de se saisir de son arc et d'une flèche, Paletó lui tenait les bras par-derrière afin qu'il fasse mouche. Beaucoup d'enfants assistaient à ce cours et prenaient leurs jambes à leur cou chaque fois que Francisco visait, de peur d'être touchés. L'un de ces enfants était Jânio, le fils aîné de Main Tawi et le petit-fils préféré de Paletó, qui avait exactement le même âge que Francisco. J'ai une photo d'eux deux, à un an et demi, assis face à un plat de poisson. Jânio mangeait de minuscules morceaux en veillant bien à ne pas avaler d'arêtes. Francisco, qui ignorait comment s'y prendre, eut besoin de mon aide pour extraire les arêtes.

C'est à Linha 29 qu'André mangea pour la première fois de ces larves que j'ai évoquées plus tôt, cette fois-ci cuites dans des feuilles. Tous l'observaient en train de mâcher, à l'affût de sa réaction. À leur grande déception, celle-ci fut négative : sa préférence allait toujours aux mains de singes rôties, qu'il dégustait pendant des heures, lentement, en extrayant méticuleusement le moindre petit bout de viande entre les petits doigts, comme les autres enfants le lui avaient appris. Il apprit également la valeur de la nourriture quand on ne peut compter ni sur un marché à proximité, ni même sur un garde-manger rempli. Une fois, les chasseurs ramenèrent un ara, encore vivant mais blessé. Il arrivait encore à s'envoler et tentait à tout prix de s'échapper. Paletó décida de charger Francisco de l'achever, afin qu'il apprenne. Un arc d'adulte entre les mains,

Francisco transperça l'ara lorsque celui-ci se posa à terre. Sans doute parce qu'il aimait les aras, ou parce qu'il les considérait plutôt comme des animaux de compagnie, André se mit à pleurer en assistant à cette scène, et je l'emmenai se baigner avec moi dans la rivière en attendant qu'ils en aient fini. Plus tard, To'o nous invita à venir manger. André savait que dans la marmite en aluminium posée devant nous se trouvaient non seulement l'ara, mais le bébé singe que nous avions alimenté pendant des jours avec du lait en poudre. À ma grande surprise, il ne refusa pas de manger et demanda même à ce qu'on lui serve une part de chaque animal.

Les journées coulaient comme un long fleuve tranquille, entre baignades dans les igarapés et petites promenades dans la forêt, avec un éventuel coup d'œil aux nuages afin de détacher le linge de sa corde quand une averse s'annonçait. Paletó fut très pris durant notre séjour : il passait une grande partie de ses journées à extraire des noix du Brésil de leur coque et ne rentrait à la maison que l'après-midi. J'accourais alors avec mon dictaphone pour qu'il me raconte ses histoires. À cette époque, je tenais à enregistrer toutes les versions des très nombreux mythes qu'il connaissait. Cette douce oisiveté fut interrompue par une diarrhée dont mes fils et moi fîmes les frais, sans doute causée par un aliment que nous avions rapporté de la ville, et dont fort heureusement aucun Wari' n'écopa.

Tout le monde fut aux petits soins. Paletó alla chercher l'écorce d'une liane avec laquelle sa femme prépara une infusion astringente, de couleur rouge, qui en peu de temps nous guérit, Francisco et moi, mais pas André. Déjà convertis à la foi chrétienne, les Wari' nous incluaient dans leurs prières avant chaque repas, en particulier André. Même si son état ne me paraissait pas préoccupant, je décidai de retourner en ville après l'avoir surpris assis sur une souche, à l'écart de la maison, les mains jointes, demandant à Dieu (à la mode des Wari') de le guérir de sa diarrhée. Pour lui, cette aventure n'avait plus rien d'amusant.

Par l'intermédiaire de Davi, responsable de l'émetteur radio installé chez ses parents qui leur permettait de rester en contact avec la Funai, je demandai qu'ils envoient une voiture nous chercher. Ces appareils à longue portée m'ont toujours émerveillée. Dans la majorité des villages wari' (en tout cas, dans tous ceux où j'ai vécu), c'est le seul moyen de communication. C'est grâce à eux qu'on prend des nouvelles des malades, qu'on sait qui vient nous rendre visite, qu'on connaît le jour de passage du bateau chargé des commandes. Un jour de février 2009, après avoir entendu une femme dire à une autre qu'elle lui manquait, j'écrivis dans mon carnet de terrain, sans doute encore inspirée par le livre que je venais de lire, *Expiation*, de Ian McEwan :

> ***Le téléphone de la forêt. Une communication si précaire, si limitée. Il faut dire l'essentiel, avec clarté, parce qu'on n'entend pas très bien. Beauté de cette conversation minimaliste, riche de tant de pensées et de sentiments non dits.***

Cette fois-ci, à Linha 29, l'émetteur radio fit son office, et la voiture de la Funai passa le jour-même. Comme deux heures à peine nous séparaient de la ville, je décidai de n'emporter qu'une gourde d'eau pour le voyage, laissant à notre famille wari' toute notre nourriture. En chemin, le chauffeur passa prendre un quatrième passager dans un autre village, où la voiture tomba en panne. Le conducteur n'avait emporté aucun outil, et le village où nous nous trouvions était si minuscule qu'il ne disposait pas d'émetteur radio. En outre, les lieux étaient déserts. Nous étions bloqués là, avec André passablement affaibli et très peu d'eau, quand je fus saisie d'une bouffée d'héroïsme maternel. Je trouvai un vélo par terre et partis chercher de l'aide, non sans avoir demandé à Francisco de veiller sur son frère en s'assurant que personne d'autre que lui ne boirait à notre gourde. Vu la distance à laquelle se trouvaient les habitations les plus proches, l'expédition risquait de prendre au moins deux heures. Par chance, je ne mis pas longtemps à croiser un motard à qui je demandai de nous dépanner. En moins d'une heure, nous étions de nouveau sur la route, et je me promis de ne plus jamais voyager sans nourriture, règle d'or que je n'ai cessé de suivre depuis, même en ville, ce qui ne manque pas d'amuser mes amis.

Dans toutes les maisons que je viens d'évoquer, tout comme chez moi à Rio de Janeiro, Paletó me raconta l'histoire de sa vie plusieurs fois et de plusieurs façons différentes. Je vais à présent la conter ici, en amalgamant différents récits enregistrés sur des cassettes audio, des MiniDisc et, plus récemment, des enregistreurs numériques.

5 LA MORT EN FACE POUR LA PREMIÈRE FOIS

Au début des années 1930, le monde était en proie à des troubles et à des tensions sans précédent : récession aux États-Unis, émergence de régimes totalitaires en Europe et une guerre mondiale en gestation. Ici, au Brésil, Getúlio Vargas, qui nourrissait des sympathies pour ces régimes autoritaires, accéda au pouvoir à la suite de la révolution de 1930. Le Rondônia, où se déroule notre histoire, n'était pas encore un État, ni même un territoire identifié comme tel, mais cette région était déjà le théâtre de nombreux conflits politiques et d'affrontements entre les indiens et les seringueiros, venus du Nordeste à l'époque de la Première Guerre mondiale pour exploiter l'hévéa et produire le latex nécessaire aux industries, notamment celle de la guerre. Guajará-Mirim, jadis un peuplement du nom d'Esperidião Marques, devint officiellement une ville en 1929. Les terres des Wari', déjà scindées par la construction de la ligne ferroviaire Madeira-Mamoré au tout début du siècle, étaient constamment envahies, et les Wari', de même que leurs voisins, se faisaient tuer ou enlever afin d'être exhibés en ville. Un peu avant la naissance de Paletó, un Wari' du nom de Maxun Taparape était encore enfant lorsqu'il vit son frère se faire assassiner par des blancs, avant d'être lui-même capturé. Après avoir vécu dans des baraquements de seringueiros puis en ville, il retrouva sa communauté, mais il ne reconnut personne et ne comprenait plus la langue. J'étais avec Paletó lorsqu'il rencontra Maxun Taparape pour la première fois. D'autres enfants connurent le même sort.

Loin des remous mondiaux et nationaux, mais souffrant de leurs répercussions au cœur de la forêt amazonienne, le groupe auquel appartenaient les parents de Paletó avait abandonné ses terres d'origine, plus proches du Rio Pacaás Novos où la circulation des envahisseurs s'était intensifiée, pour vivre au bord de petits igarapés, à l'écart des troubles. Paletó naquit alors que ses parents, en compagnie d'autres familles, traversaient la forêt en direction d'un lieu nommé Mapat, où ils avaient planté du maïs. Un jeune homme envoyé en reconnaissance leur avait rapporté que le maïs avait commencé à germer, et ils décidèrent qu'il était temps d'aller sur place pour construire des maisons et y vivre jusqu'à ce qu'ils aient consommé la totalité de la production.

Durant cette marche dans la forêt, ils transportèrent tout ce qu'ils possédaient : paniers pleins de maïs sec, arcs, flèches, pierres à aiguiser, casseroles en terre cuite et haches de pierre. Vu la rapidité et l'adresse avec lesquelles ils se confectionnaient des nattes pour dormir, je suppose qu'ils n'en avaient pas emporté. Comme ils vivaient nus, à l'exception éventuellement d'une liane ceinte aux hanches pour les hommes, derrière laquelle ils coinçaient leur prépuce, ils ne transportaient pas non plus de tissus, même s'ils filaient le coton pour décorer les arcs ou se confectionner des brassards à l'occasion d'une fête. Il est plus que probable qu'ils emportaient aussi un tison ardent, ou de la résine qui brûlait dans un récipient de feuilles, car ils ne savaient pas faire du feu. S'ils le perdaient, il leur fallait en rechercher ailleurs. Ils n'étaient jamais à l'abri d'une telle mésaventure, jusqu'à ce qu'ils entrent en contact avec les blancs et découvrent les allumettes, puis les briquets, objets toujours très convoités.

Ce sont les femmes qui étaient les plus chargées. Outre leurs enfants en bas âge, attachés à leurs hanches par une liane passée à l'épaule, elles portaient sur le dos des paniers dont l'anse leur barrait le front. Ces paniers servaient à recueillir le maïs et les fruits sylvestres lors des cueillettes, et dans le cas des grands déplacements (comme celui dont il est question ici), on y mettait les objets du quotidien, comme les marmites de terre cuite, la pierre ovale servant à moudre le maïs, des haches de pierre et jusqu'à des plumes de parure, le tout mélangé à des épis de maïs. Les hommes portaient éventuellement un panier, l'anse au front ou en travers de la poitrine. C'est généralement ainsi qu'ils s'y prennent pour transporter du gibier déjà rôti après avoir chassé plusieurs jours durant, et ainsi qu'ils s'y prenaient jadis quand ils rapportaient la chair d'ennemis chez eux, afin qu'elle puisse être consommée par ceux qui n'avaient pas participé à l'expédition. Très souvent, ces paniers sont vite confectionnés dans la forêt avec des feuilles et des lianes. Dans le cas du déménagement des parents de Paletó et de leur groupe, il est probable que les femmes aient porté leurs enfants en écharpe et tout ce qu'ils possédaient dans leurs paniers, le feu à la main, laissant les hommes libres de leurs mouvements, prêts à pourchasser la première proie venue avec leurs arcs et leurs flèches. La mère de Paletó, avec son ventre plein et rond, devait être chargée de la sorte, comme bon nombre de femmes enceintes avec qui j'ai traversé la forêt à plusieurs occasions.

À la tombée de la nuit, le groupe s'arrêta au bord d'un igarapé et se coucha à côté du feu sur des feuilles de palmier posées à même le sol. La mère de Paletó, Orowao Karaxu (nom que reçut plus tard la fille aînée de Paletó), entra alors en travail. Ce n'était pas son premier accouchement. Elle avait donné naissance à son fils aîné très jeune, « comme toi quand tu as eu Francisco », m'indiqua Paletó. Une fille vit ensuite le jour, et après Paletó, une deuxième, qui enfanta, elle, Awo Kamip, de nos jours le principal pasteur évangélique de Rio Negro-Ocaia.

La mère de Paletó appartenait au sous-groupe OroNao', tandis qu'O'Werek, son père, avait quitté dans sa jeunesse un territoire voisin appartenant au sous-groupe OroAt, pour vivre dans la famille de la mère de Paletó, dans la région où ils se trouvaient à sa naissance. Il faut préciser que les Wari' se divisent en huit sous-groupes, associés jadis à des territoires bien précis, voisins les uns des autres : les OroNao', les OroEo, les OroAt, les OroWaram, les OroWaramXijein, les OroMon, les OroJowin et les OroKao'OroWaji. À cette époque, les mariages entre personnes appartenant à des sous-groupes différents n'étaient pas si courants : tous les sous-groupes se connaissaient bien, ils parlaient la même langue et participaient à des fêtes communes, mais il existait des différences notables dans leurs accents, leurs versions des mythes, leurs façons de construire leurs maisons et leurs tabous alimentaires.

Tous s'accordent à dire que le père de Paletó vécut si longtemps dans la famille de sa femme qu'il perdit son accent OroAt et fut considéré comme un authentique OroNao'. Cette assimilation est particulièrement sensible à travers le choix du sous-groupe de ses enfants : contrairement à ce qui arrive habituellement aux enfants de couples mixtes (qui sont rattachés au sous-groupe de leur père), Paletó et le reste de sa fratrie étaient OroNao', comme leur mère. Plus récemment, lorsqu'on leur attribua des cartes d'identité, à cause d'une erreur d'une missionnaire qui, chargée de dresser la liste de leurs noms, les rattacha systématiquement au groupe de leur père, Paletó eut la surprise de devenir Watakao' OroAt. De même, ses enfants virent le nom OroAt associé à leur prénom, à l'exception d'Abrão, qui s'y opposa tout net. Paletó, qui avait vécu toute sa vie en tant qu'OroNao', avait l'habitude de plaisanter en imitant l'accent de ses parents OroAt, qui se différenciaient également des OroNao' par leurs maisons, si hautes qu'on y accédait par une échelle.

Le jour de la naissance de Paletó, O'Werek partit dès l'aube chasser des oiseaux, comme avaient coutume de le faire les hommes wari' durant l'accouchement de leurs épouses, auquel il leur était interdit d'assister. Le bouillon réalisé avec les oiseaux chassés était servi à la jeune mère afin qu'elle reprenne des forces. Le fait de partir à la chasse était le signe que l'homme assumait pleinement sa paternité : ceux qui ne souhaitaient pas reconnaître l'enfant, souvent convaincus qu'il était d'un autre, se contentait de rester dans les environs de la maison durant l'accouchement. Restèrent sur place, entre autres personnes, le frère cadet d'O'Werek, Torein, ainsi qu'une jeune fille, To'o Min, qui assista la parturiente, sa tante qu'elle appelait « mère ».

Lorsqu'on eut coupé le cordon ombilical avec une lame de bambou, on remarqua que le nouveau-né avait une très grosse bosse sur le côté du front. Son oncle Torein banda aussitôt son arc en le visant, prêt à le transpercer d'une flèche. To'o Min, qui portait le bébé non lavé dans ses bras, se précipita dans le mato afin de lui sauver la vie. Torein la poursuivit, mais finit par la perdre. Était également présent Toro, que Paletó appellerait plus tard « père » : c'était un chaman-sapajou, qui avait donc un double sapajou vivant parmi les animaux de la forêt. Lorsque To'o Min revint avec le nouveau-né, Toro lui demanda de laver l'enfant, puis le regarda et déclara : « La tête de notre fils est bien gonflée ! Je vais couper [l'excroissance] ! » Il incisa à l'aide d'une lame de bambou et retira avec la main le contenu de la grosseur, qui lui parut être du sang coagulé. Paletó m'a raconté qu'il avait pleuré, avant d'éclater de rire en réalisant qu'il était impossible qu'il s'en souvienne.

Toro passa le nouveau-né à sa mère, qui enfin lui donna le sein, signe important de reconnaissance de l'enfant en tant qu'être humain. Les orphelins handicapés, sans personne pour les nourrir ou les transporter, étaient voués à la mort. J'ai été témoin des énormes difficultés découlant du handicap physique d'adolescents et d'adultes, dont le fils de Paletó, Davi, et ce jusqu'à aujourd'hui, où les distances entre un lieu et un autre ne sont plus parcourues par voie terrestre, en pleine forêt, mais par des pirogues à rames ou mues par des *rabetas*, petits moteurs de faible puissance, généralement de 12 ou 15 ch, dont l'hélice se trouve à l'extrémité d'une longue perche de métal évoquant la queue d'un animal. Si Paletó était mort avant sa première tétée, ses funérailles auraient été différentes de celles des enfants et des adultes wari'. On ne l'aurait pas pleuré, et ses proches ne l'auraient pas mangé respectueusement avec des bouts de bois. Il aurait pu être dévoré par sa famille, sauf par sa mère. Une fois, lors d'une de nos reconstitutions didactiques d'une scène de cannibalisme funéraire dans mon appartement de Rio, le défunt était censé être un nouveau-né sans père, tué par pendaison par son oncle maternel, suivant l'avis du grand-père. Après avoir été lavé avec du sable, afin de faire disparaître toute trace de sang, le petit mort fut grillé sur un moquém, encore « frais », terme par lequel les Wari' désignent un corps non putréfié, et mangé par son grand-père, qui s'accroupissait régulièrement pour pleurer, assumant sa position de grand-père. La mère (que j'incarnais alors) pleurait également, dans la même position, loin du moquém, mais sans s'opposer de quelque façon que ce soit à la décision de son propre père.

Lorsque la nuit tomba sur ce premier jour de Paletó, O'Werek revint avec de petits oiseaux. To'o Min, qui l'appelait « grand frère » alors qu'ils étaient parents éloignés, courut à sa rencontre et lui raconta que Torein avait voulu tuer son fils, qu'elle s'était enfuie avec le petit et que Toro avait fini par le soulager de son excroissance. Plein de colère, O'Werek alla trouver Torein et lui demanda pourquoi il avait agi ainsi, ce à quoi il répondit : « J'ai cru que c'était un enfant étrange, un fantôme. » Le lendemain, Torein alla voir le nouveau-né et se repentit : « Pourquoi ai-je voulu tuer le fils de mon frère aîné ? J'ai perdu la raison. » Paletó, qui s'était déjà converti à la foi évangélique quand il me raconta cette histoire, et ajouta même : « C'est comme ce qui est arrivé à la naissance de Jésus, avec les blancs d'avant. » Son père le prit alors dans ses bras, autre signe d'acceptation de la paternité.

Ce n'est qu'au bout de quelques jours qu'il reçut son premier prénom, Pixon, jadis porté par un parent mort, vraisemblablement depuis un certain temps, car il ne fallait pas prononcer le nom des défunts trop tôt afin de ne pas affliger leurs parents. Tout au long de son existence, il changea de nom à plusieurs reprises, tantôt parce qu'un homonyme avait trouvé la mort, tantôt par peur de la sorcellerie, qui ne peut être effective que si le sorcier connaît le nom de sa victime. Après Pixon, il porta les noms suivants : Tem Xini, Wao Hwara Winain, Pariri, Mijain Wam, Wan Hon OroNao', Manim (probablement à la mort de son frère qui portait ce prénom), Wao Wi, Tokorom Xok et Watakao' Ormixik. Après l'avoir entendu les énumérer, je lui demandai pourquoi il en avait eu autant, et il me donna la réponse que les Wari' ont coutume de donner à ce genre d'interrogation : « C'est notre façon de faire. »

Quand j'établis la généalogie des Wari' du Rio Negro, cette tradition de changement de nom me compliqua considérablement la tâche. Par exemple, certains parlaient d'une personne en utilisant son nom d'enfant, tandis que d'autres la désignaient par des prénoms plus récents. Ainsi, je passais parfois des semaines, convaincue que certains individus avaient été engendrés par des pères différents, alors qu'ils avaient tous le même géniteur, qui avait porté plusieurs noms au cours de sa vie.

En partageant leur quotidien, je finis par comprendre que le changement de nom était assimilé lentement. À la mort de Pakao', épouse du frère de Paletó, une autre femme qui portait le même nom se fit appeler Morowin We. Il me fallut un certain temps pour ne plus me tromper quand je m'adressais à elle, et je remarquai que mes amis wari' aussi l'appelaient souvent Pakao', mais jamais en présence du veuf, afin de ne pas l'attrister plus encore. Le temps fit son œuvre, la douleur du deuil s'amoindrit, et leur fille décida finalement de porter le nom de sa défunte mère.

Le changement de prénom était une pratique si banale qu'en 2003, lors d'une expédition dans la région du Rio da Laje, un homme me déclara que, quand ils entendaient de l'orage, ils changeaient tous de nom. Si l'on donne volontiers aux enfants le nom de parents proches défunts, ceux de personnes plus âgées, encore vivantes, peuvent aussi être donnés à leurs petits-enfants. Une nuit, tous les membres de cette expédition jusqu'au Rio da Laje décidèrent de changer de nom, et Paletó me donna l'un des prénoms de sa mère, Moroxin Xererem, remplaçant celui qui m'avait été donné par mon père

Wan e' des années auparavant, To'o Orowak, le même que sa fille. Mon nouveau nom ne prit pas, et je crois que les nouveaux noms adoptés par mes amis cette nuit furent vite oubliés aussi.

En plus de leur prénom wari', beaucoup d'enfants reçoivent un prénom brésilien : à l'origine, c'était une exigence des blancs, qui avaient beaucoup de mal à retranscrire les noms indigènes sur leurs formulaires et leurs feuilles de renseignements. Les Wari' tirèrent parti de cette obligation qui augmenta encore plus le stock de leurs prénoms, et veillèrent à donner les plus originaux à leurs enfants, les protégeant des sortilèges visant d'autres qu'eux : à ce titre, l'un des principaux risques était de répondre par erreur à l'appel d'un sorcier destiné à un homonyme. L'effet mnémonique qu'eurent chez moi tous ces nouveaux prénoms fut diamétralement opposé au soulagement des autres blancs : j'ai énormément de mal à retenir les Darvinson, Valdenisa, Arteilce, Dailson, et même celui du petit Valdico que j'ai connu dans les années 1980 et qui devait son prénom au chanteur Waldick Soriano.

Par le passé, dès qu'un bébé recevait un prénom, sa mère changeait le sien, écopant d'un nom composé sur le modèle « avec + prénom du bébé », qu'elle conservait jusqu'à la naissance de son prochain enfant. Le nom Orowao Karaxu, que Paletó utilisait pour se référer à sa mère, était probablement son nom d'enfance. Lorsque Paletó naquit, elle s'appelait « *kam* Tokohwet » (avec Tokohwet), prénom de la fille qu'elle avait enfantée avant lui. Elle se fit ensuite appeler « *kon* Pixon », le premier prénom de Paletó. Son dernier nom wari' avant d'adopter celui de ce vêtement qui lui avait tant plu fut Watakao'.

Orowao Karaxy passa quelques jours allongée à l'endroit où elle avait accouché, sur des feuilles de palmier régulièrement changées. Les Wari' veillent très scrupuleusement à ce que les personnes qui saignent ou qui sont entrées en contact avec du sang ne pénètrent pas dans la forêt : cette odeur si particulière peut être sentie de très loin par les jaguars, qui risqueraient de suivre sa piste jusqu'à leur proie humaine. C'est peut-être aussi pour cette raison qu'ils partirent s'installer à Mapat. Paletó n'évoquait pas ce genre de détails. Les tabous alimentaires des jeunes mères étaient autrefois très stricts. Elles ne devaient manger ni gibier ni certaines espèces de poissons. Le père de l'enfant, soumis aux mêmes interdictions, ne devait pas fournir trop d'efforts ni s'éloigner trop loin : le double du bébé aurait pu le suivre et se perdre dans la forêt. Il ne devait pas non plus s'allonger à côté de sa femme, afin de se tenir écarté du sang. À présent, les mères qui viennent d'accoucher passent les premiers jours post-partum sous la moustiquaire où elles ont enfanté, et j'imagine qu'elles ne sont plus soumises à ces interdictions alimentaires, abandonnées à la faveur de leur conversion au christianisme.

Cette excroissance au front ne fut pas le seul problème de santé que connut Paletó. D'après ce qu'il m'a raconté, il était encore petit lorsqu'il souffrit de ce que les Wari' appellent un « manque de sens » (dans le sens de « folie »), associé à une déficience visuelle qui l'amenait à avoir un comportement étrange, notamment à ne pas reconnaître celles et ceux qui l'entouraient. Là encore, ce fut le chaman Toro qui le guérit en tirant de ses yeux des poils de *caititu* (pécari à collier) et des plumes d'oiseau, responsables de son mal. Durant le reste de sa vie, il fut victime d'autres agressions par des esprits animaux, et il me confia que l'une d'elles était justement responsable des tremblements de ses mains. Un jour, il tira sur un serpent perché sur une branche, croyant qu'il s'agissait d'un sapajou. En guise de représailles, le serpent lui décocha ses propres traits, et Paletó rentra chez lui malade. Nul ne savait ce dont il souffrait, et au bout de plusieurs jours, alors que son ventre avait considérablement enflé, on le conduisit à l'hôpital de Guajará, où il fut opéré. Alors qu'il se remettait dans la Maison de l'Indien de la ville, plusieurs chamans lui rendirent visite, dont Xowa, qui établit son diagnostic : Paletó était en train de se transformer en serpent.

Les chamans retirèrent de son corps le roucou et l'huile de babassu, que le serpent, humain à part entière, utilisait comme cosmétiques, et les lui montrèrent. À leurs yeux experts, le corps de Paletó était recouvert de peau de serpent, signe évident de sa transformation. C'est alors que lui-même prit conscience de ce qu'il lui arrivait : « Ah, je suis en train de me transformer en un animal bizarre ! » Wan e', chaman-queixada, déclara qu'il devait lui aussi devenir chaman et suivre la voie des serpents, mais Wem Karamain, chaman-traíra, s'y opposa catégoriquement : « Nous n'allons pas laisser mon frère souffrir ! Nous allons retirer de son corps jusqu'au dernier vestige de serpent ! » Ils oignirent tout son corps, et il guérit. La prophétie de Toro se réalisa. Quand il l'avait guéri dans son enfance, il avait en effet déclaré: «Tu vas vivre, tu vivras encore après ma mort.»

Paletó dit avoir séjourné quelque temps à Mapat, sans doute jusqu'à l'âge où il commença à marcher à quatre pattes. Ils passèrent probablement un an sur place, le temps d'épuiser leur stock de maïs, avant de partir. Tout le monde ne déménageait pas en même temps. Certains décidaient de rejoindre d'autres parents, dans d'autres lieux, et retrouvaient plus tard leur groupe originel, dans un nouveau village, ou bien à l'occasion de visites amicales, pour boire de la chicha et danser. Paletó m'expliqua que c'était ainsi que vivaient les Wari', déménageant sans cesse d'un lieu à un autre. Je sais d'expérience que ces déplacements duraient entre deux et trois jours. Les Wari' prenaient leur temps, car ces jours passés dans la forêt étaient l'occasion de chasser et de récolter du miel et des fruits.

En outre, leurs déplacements ne se limitaient pas à ces déménagements. Aussitôt après avoir planté le maïs, aux alentours du mois de septembre, juste avant le début de la saison des pluies, tous les habitants devaient quitter leur village et passer environ deux mois dans la forêt. C'était ce qu'on appelait la «fuite du maïs»: la plante, douée de volonté, refusait de pousser si on la voyait. Tout le groupe partait alors en emportant tout, et au bout d'un certain temps, on envoyait quelqu'un s'aviser discrètement de la croissance du maïs pour en informer les autres. Avant de revenir sur place, les femmes devaient se baigner, car si le maïs sentait leur odeur, il pouvait faner. C'est à l'occasion d'un de ces retours que la mère de Paletó entra en travail.

De Mapat, le groupe de Paletó traversa la rivière du nom d'Igarapé da Gruta pour s'installer à Pin Karam, et la retraversa l'année suivante pour se rendre à Xi Kam Araji. Paletó se souvint que sa mère le portait à l'aide d'une écharpe de liane, tout en s'aidant d'un bâton de marche. De là, ils prirent la direction de la source de l'Igarapé Santo André et s'installèrent à Mana To'. À l'en croire, Paletó savait alors déjà marcher et comprenait ce qui l'entourait. En comparant la taille qu'il croyait être la sienne à l'époque et celle d'un des enfants d'Abrão, nous en déduisîmes tous les deux qu'il devait avoir 3 ans. Nous étions vraisemblablement dans la seconde moitié des années 1930.

6 LE PREMIER BLANC ET D'AUTRES GUERRES

Ce fut à Mana To' que Paletó vit un blanc pour la première fois, plus précisément, le bras et la jambe d'un blanc, en l'occurrence ceux d'un seringueiro que son père et d'autres compagnons avaient criblé de flèches près du Rio Pacaás Novos. Après avoir exterminé la majeure partie des autres groupes indigènes, les blancs devinrent les principaux ennemis des Wari', les plus violents qu'ils aient jamais connus, comme nous le verrons à travers le récit que me fit Paletó du massacre d'une partie de sa famille. Les Wari' vécurent dès lors en guerre, et plus encore dans les années 1940 qui virent l'arrivée d'une nouvelle vague de seringueiros sur leurs terres, armés de fusils et de mitraillettes.

À chaque attaque, les Wari' éprouvaient de la tristesse, puis de la colère, et ils ripostaient en tuant tous les blancs qui croisaient leur chemin. Parfois, lors des raids lancés sur les habitations des seringueiros, ils faisaient main basse sur des outils et des ustensiles en métal, mais ils ne touchaient jamais à leur nourriture, à leurs vêtements et à leurs hamacs. Paletó me raconta qu'un jour ils tuèrent et mangèrent un de leurs chiens. Il rit de mon effroi en me confiant qu'ils avaient mangé du chien plus d'une fois et que c'était délicieux.

Il ne leur était pas toujours possible d'emporter des morceaux de leurs victimes, car ils devaient souvent prendre la fuite, poursuivis par les compagnons des défunts. Ils ne manquaient cependant jamais une occasion de le faire quand les conditions s'y prêtaient, afin de montrer le cadavre d'un ennemi à ceux qui étaient restés au village. Généralement, ils emportaient la tête, les bras entiers et les jambes (sans les cuisses). Le tronc était laissé sur place, intact. Trop lourd, disaient-ils. Ils coupaient parfois scrotum et pénis pour les montrer aux femmes avant de les jeter, car ils ne les mangeaient pas.

Ce jour-là, comme il était d'usage lorsque les matadores (les tueurs) revenaient au village, l'un des hommes restés sur place se mit à crier : « Les matadores ont tué un ennemi ! Les matadores ont tué un ennemi ! Découpons-le ! La viande de l'ennemi est arrivée avec les matadores ! » Le père de Paletó appela son fils afin qu'il transperce l'ennemi d'une flèche. Encore enfant, il se saisit de son petit arc et d'une flèche adaptée, qui se planta dans les doigts de l'ennemi dépassant du panier. D'autres Wari' firent de même, y compris des hommes adultes qui étaient restés chez eux.

Paletó se souvint que les femmes, terrifiées par l'ennemi, même mort, avaient prétexté un besoin pressant pour s'éloigner autant que possible. Les hommes s'occupèrent de la préparation. Le père de Paletó, probablement l'un des chefs de l'expédition, déclara alors aux autres: « Rôtissez ma proie ! » Ils coupèrent du bois, firent un moquém et mirent à griller le bras et la jambe. Il arriva alors quelque chose d'étrange qui, selon Paletó, était assez fréquent lorsqu'ils rôtissaient des ennemis. D'abord, le bras glissa par terre. Ils le remirent au feu à l'aide d'un bâton, et ce fut alors au tour de la jambe de tomber.

Une fois cuit, l'ennemi fut mangé par les hommes qui n'avaient pas pris part à l'expédition. Parfois, une femme particulièrement intrépide se joignaient à eux. On ne mangeait pas l'ennemi comme la viande d'un défunt wari' dans le cadre du rite funéraire, généralement rôtie quand elle était déjà faisandée, et consommée avec respect et délicatesse. On dévorait la chair de l'ennemi avec colère, à l'os, comme on le faisait avec du gibier. La mort d'un ennemi vengeait la mort d'un Wari'.

Bien que trop petit pour avoir pu y goûter, Paletó me raconta que l'ennemi tué par son père avait la chair bien grasse, principale qualité d'une proie. Les os n'étaient pas brûlés comme ceux des défunts wari', mais jetés dans le mato, comme ceux des animaux chassés. Les matadores ne pouvaient en manger parce qu'ils avaient dans le corps le sang de l'ennemi tué, qui les ferait grossir durant une période d'isolement de quelques mois, pendant lesquels ils ne faisaient que boire de la chicha de maïs et évitaient tout déplacement. C'était un état si convoité que les Wari' disaient chasser leurs ennemis pour grossir, ou pour faire grossir leurs femmes, ce qui ne manquait pas d'arriver à la fin de leur isolement, lorsque l'interdiction frappant toute relation sexuelle était enfin levée.

C'était le seul moment où les Wari' s'allongeaient dans des hamacs un peu différents de ceux que nous connaissons : ils étaient faits de lianes tressées, suspendus à leurs deux extrémités et garnis de nattes. Chacun de ces hamacs accueillait deux ou trois matadores. Ils n'en descendaient que pour recevoir la chicha offerte par leurs parents et leurs épouses à travers une barrière de feuilles qui entourait la maison qu'ils habitaient. Les épouses devaient rester invisibles afin de ne pas susciter leur désir sexuel, dont la satisfaction les aurait empêchés de grossir. Cela ne décourageait cependant pas certains jeunes hommes. Paletó me raconta longtemps après les faits qu'il avait appris qu'on pouvait contourner cette interdiction durant la réclusion en posant un scorpion mort entre les corps des deux amants. Son propre père, lui, ne prit pas cette précaution : à la suite d'une expédition meurtrière, il fut le seul guerrier à ne pas grossir, faute d'avoir résisté à la tentation.

Les matadores descendaient également de leurs hamacs pour danser, en tenant sous le bras une petite natte décorée de deux plumes d'ara et en jouant d'une petite flûte de bambou dotée d'une coque percée à l'extrémité. Tous racontent que, durant cette période, les guerriers étaient pleins d'orgueil, très imbus d'eux-mêmes. Lorsqu'ils sortaient de ce confinement, ils étaient beaux non seulement parce qu'ils avaient pris du poids, mais parce que leurs cheveux avaient poussé, à hauteur des épaules, type de coiffure qui était l'apanage des matadores. Les femmes se les disputaient, et leur activité sexuelle était telle qu'ils perdaient très vite les kilos qu'ils avaient gagnés.

Les différences entre la conception wari' de la guerre et la nôtre sont très nombreuses : entre autres exemples, contrairement aux blancs qui tuaient le plus de personnes possible, pour les Wari', un ennemi mort suffisait à assouvir leur vengeance, ainsi qu'à valoir aux hommes impliqués le statut de « matadores », y compris ceux qui transperçaient d'une flèche le cadavre, ou une partie du corps, au village.

Même après ce qu'on a appelé la « pacification », et jusqu'à une date récente, on se référait aux blancs par le même terme signifiant « ennemi ». Les Wari' n'étaient plus en guerre contre eux, mais la possibilité de nouveaux conflits sanglants continuait de planer tel un spectre sur l'avenir de leur peuple. À mon arrivée parmi eux, ils m'appelèrent « ennemie », ou « femme de l'ennemi ». Puis, dès lors que je commençais à tisser des liens de parenté avec eux, ma position se mit à varier d'un jour sur l'autre : quand je mangeais des larves, j'étais wari', et quand j'oubliais des mots de vocabulaire, j'étais de nouveau une ennemie. Un jour que j'observais par plaisanterie (comme le font les plus âgés) que les jeunes devenaient blancs (par leur habillement, leurs goûts musicaux et leur façon de parler), ma sœur et homonyme To'o Orowak, fille de Wan e', me rétorqua aussitôt : « Comme si on avait des queues ! Nous sommes des Wari' ! Seuls les mots que nous prononçons peuvent sonner étrangement [elle voulait parler des mots portugais utilisés couramment par les jeunes]. » Une autre fois, à Rio, je demandai à Paletó pourquoi il appelait les habitants de ma ville « Wari' » et non plus *wijam* (blancs, ennemis). « Comme si c'étaient des animaux ! », répondit-il. Je compris ainsi que, pour les Wari', les ennemis font partie d'une catégorie plus vaste, *karawa*, qui se réfère aux animaux. Le fait de les manger, c'était renforcer cette identité.

7 LA PIERRE DE HACHE, LE RÊVE DE PARIS ET LA MAISON DES CÉLIBATAIRES

Quand elle quitta Mana To', la famille de Paletó se rendit un peu plus loin, à Terem Matam, aux alentours de la zone habitée par le sous-groupe OroAt, d'où était issue sa lignée paternelle. À cette époque, Paletó savait déjà chasser à l'arc de petits animaux, tels que des cobayes du Brésil, qu'il mangeait chez lui, et il reconnaissait ses proches. Il était déjà grand. De là, ils allèrent successivement à Hwet Pe Maku, à Jein Ka Komerem, à Tak Wiowio et à Korojima Kao Wijam, en direction des sources de l'Igarapé Ocaia.

Ils étaient à proximité d'une localité importante, Kit, territoire du sous-groupe OroEo, dans les environs du cours supérieur du Rio Negro. « *Kit* » signifie « pierre de hache » : c'est en effet le seul endroit où l'on peut trouver les pierres adaptées à cet usage, ce qui en faisait un lieu très fréquenté par des individus venus d'un peu partout, parfois à plusieurs jours de marche. À leur arrivée, les visiteurs s'adressaient à celles et ceux qui vivaient sur place pour leur demander de les conduire là où il y avait des pierres, qu'on trouvait dans le sol ou dans des trous. Ils en prélevaient une grosse, la posaient sur leur dos et la laissaient tomber pour la briser. C'étaient les plus petits morceaux qui les intéressaient, dont ils remplissaient leurs paniers avant de rentrer chez eux, où les pierres seraient polies, aiguisées et emmanchées. C'était aussi à Kit qu'on trouvait la résine avec laquelle on fixait la pierre dans le manche. Pleins de gratitude, ils offraient des présents aux habitants du lieu, comme des marmites, des flèches, des plumes. Certains venaient aussi pour danser et faire la fête et la collecte de pierres étaient alors secondaires : on ne s'y attelait qu'après les réjouissances.

J'accompagnai mes amis à Kit en 2002. Ce fut une grande expédition, la première depuis leur premier contact pacifique avec les blancs, qui eut lieu en mai 1961. Le groupe, très important, était en majorité composé d'hommes du sous-groupe OroEo, nés dans la région de Kit. Nous partîmes du poste Rio Negro-Ocaia à bord de deux pirogues équipées de rabetas. L'une d'elles appartenait à mon frère Abrão, l'autre à notre beau-frère Orowao Kun. Nous passâmes la première nuit au village d'Ocaia II, construit dans le lieu connu sous le nom de Barracão Velho, qui accueillit dans les années 1960 l'équipe de pacification du SPI, le *S*erviço de Proteção ao Índio (Service de protection de l'Indien). Les trois nuits suivantes, nous dormîmes dans la forêt.

Comme toujours, je fus subjuguée par la rapidité avec laquelle les Wari' faisaient d'un bout de forêt un lieu protecteur. Ils nettoyaient le sol et le recouvraient de feuilles de bananier ou de palmier, accrochaient leurs moustiquaires à des branches d'arbres, faisaient un feu pour griller poisson ou gibier attrapés en chemin, mangeaient et se couchaient. Beth Conklin, ma comparse anthropologue, et moi avions emporté une tente deux places, et les Wari' proposaient volontiers de nous aider à la monter. Nous étions réveillées au petit matin par le bruit de nos compagnons qui levaient le camp, et nous devions démonter notre tente dans la précipitation afin de ne pas retarder le reste du groupe. Eux n'avaient qu'à plier leur moustiquaire.

Mais tous oubliaient leur hâte d'arriver à destination dès qu'ils entrevoyaient une occasion de chasser. Ils amarraient alors les pirogues et partaient à toutes jambes dans la forêt. Très souvent, c'étaient les femmes qui les y incitaient. Dans la forêt, elles restaient constamment à l'affût des arbres fruitiers, mais également de tout signe de la présence du gibier. Un matin, alors que nous étions sur le chemin du retour, ma sœur Orowao déclara qu'elle sentait l'odeur des queixadas. Les pirogues étaient pleines de gibier déjà rôti et, dans un premier temps, les hommes ignorèrent sa remarque. Mais elle insista tant qu'ils finirent par accoster pour chercher des empreintes de l'animal, qu'ils ne manquèrent pas de trouver. Ils partirent alors comme des flèches, armés de leurs fusils, tandis que nous autres femmes restâmes à bord des pirogues, attendant leur retour.

Un soir, après une journée de chasse fructueuse, mon frère Abrão me prépara l'un des mets wari' les plus délicats : du foie de queixada frit dans le beurre que nous avions emporté. La chair molle fondait dans la bouche, comme du foie gras. Ce plaisir de gourmet influa sans doute sur le rêve que je notai le lendemain dans mon carnet, après avoir passé une nuit sur un plancher en bois dont les nœuds innombrables me valurent un sacré mal de dos : je m'étais retrouvée à Paris, où je voyais par la fenêtre des personnes couchées sur des empilements de matelas. Rien de surprenant à ce que je trouve en rêve, au pays des foies d'oies gavées, le confort qui me manquait dans la réalité.

Je profitais de ces heures à bord de la pirogue, assise aux côtés de ma sœur Orowao, pour converser longuement avec elle. J'appris ainsi l'existence d'infusions destinées à faciliter les règles et à limiter les saignements, comme celle de barbes de maïs. À ma grande surprise, je découvris également qu'Orowao ignorait qu'elle avait des rides, car elle ne se regardait jamais dans un miroir. On n'imagine pas la difficulté de trouver un miroir chez les Wari'. Un jour cependant, après de très longues recherches, je mis la main sur un tesson de miroir bien caché. L'ingéniosité et la pudeur féminines.

Durant une conversation nocturne, alors que nous étions couchés sous la pleine lune, au bord du Rio Negro, Pelé, un jeune homme, me demanda si les blancs avaient déjà mis le pied sur le Soleil, comme ils l'avaient fait sur la Lune et, après qu'Abrão lui eut expliqué que la lune était comme un panneau photoélectrique qui stockait la lumière du soleil, A'ain Xit me parla des frères mythologiques Soleil et Lune. Puis la conversation s'engagea vers les satellites et les astronautes, et ils furent tous stupéfaits d'apprendre de Beth que si l'un d'eux sortait dans l'espace, il mourrait et flotterait dans le vide intersidéral. Ils voulurent aussitôt savoir si les corps pourrissaient, et ma sœur Orowao déclara sur le ton de la plaisanterie qu'elle ne boirait plus jamais d'eau de pluie, parce qu'elle ne voulait pas avoir dans le corps du liquide d'astronaute putréfié. Au cours de cette conversation au sujet du ciel et de la nuit, j'appris que, pour préciser l'heure de la nuit quand ils racontent un événement du passé, les Wari' pointent l'endroit où le soleil se trouverait dans le ciel à l'heure diurne équivalente, et disent: « L'image du soleil se trouvait là. »

Nous étions en mai et le Rio Negro était presque à sec, surtout dans son cours supérieur, vers lequel nous nous dirigions. Orowao Kun, mon beau-frère, époux d'Orowao issu du sous-groupe OroEo, avait vécu à Kit dans sa jeunesse: c'est lui qui nous servait de guide. À plusieurs reprises, nous dûmes nous arrêter pour poursuivre à pied tandis que les hommes portaient pirogues et rabetas. La veille de notre arrivée à Kit, nous dûmes carrément laisser nos pirogues, marcher plusieurs heures et dormir dans un autre campement. Le lendemain, de très bonne heure, nous arrivâmes à destination.

Cette entrée dans Kit fut très émouvante pour moi: cela faisait des années que j'entendais parler de ce haut lieu. Le décor évoquait une forêt ouverte, presque dénuée d'arbres de taille intermédiaire, avec un sol dégagé, où nous remarquâmes d'emblée des tessons de récipients de terre cuite et un grand nombre de pierres de hache déjà aiguisées, comme si on les avait jetées là. Elles s'étaient probablement détachées de leur manche, à moins qu'elles ne se soient cassées, ce qui, à en croire les Wari', arrivait souvent, raison pour laquelle les haches métalliques des blancs les séduisirent immédiatement. Pourquoi les Wari' assimilent-ils le paysage de Kit à celui d'une roça, alors qu'il est indubitablement forestier ? En vérité est considéré comme « roça » tout territoire ayant déjà été habité par les Wari', où l'on retrouve certaines espèces végétales caractéristiques de la forêt secondaire, certains types de palmiers, comme le babaçu, l'aricuri, la paxiúba, le murumuru, ainsi que des espèces cultivées telles que le cacao et le *limoeiro-bravo*, dont les épines servaient à percer les oreilles des jeunes hommes. Toute zone de forêt primaire, sans signe d'occupation dans le passé, est appelée « forêt ». Ainsi, tous les villages où Paletó a vécu sont des « roças », habités et nommés au préalable, même s'ils ont été abandonnés durant des années.

Ce fut à Tak Wiowio, à l'ouest de Kit, que Paletó emménagea lorsqu'il quitta la maison de ses parents pour s'installer dans la maison des jeunes hommes célibataires, appelée *kaxa'*. Elle était semblable aux autres, avec un plancher de paxiúba surélevé, ouverte sur les côtés et recouverte d'un toit de feuilles de palmier à un seul pan qui descendait jusqu'au sol, formant un mur au fond de la maison, au pied duquel on disposait horizontalement un tronc qui servait de traversin commun. Dans les maisons familiales, le sol était recouvert de nattes où se couchaient les époux, chacun d'un côté, les enfants au milieu (il y avait parfois plus d'une famille par maison). Dans le cas des hommes qui avaient deux épouses, jadis fréquent, et dans lequel se trouva un moment Paletó, le père de famille dormait au milieu, une épouse de chaque côté, et leurs enfants respectifs entre eux. Le kaxa' se distinguait par l'absence de nattes, dû au simple fait que c'étaient les femmes qui les tressaient et qu'aucune n'y résidait. Les jeunes hommes se couchaient à même la paxiúba. Le plancher étant très court, comme dans les maisons familiales, les jeunes gens s'allongeait la tête sur le tronc et les jambes pendant du bord de la plateforme, les genoux naturellement fléchis. Un feu brûlait toujours sous le toit, qui réchauffait les habitants tout en tenant à distance les insectes et les animaux.

Selon Paletó, son père lui dit un jour de se rendre dans le kaxa' construit par Jimon Pan Tokwe, jeune homme qui plus tard épousa l'une des sœurs de Paletó. Je lui demandai si cela l'avait rendu triste, ou si sa mère l'avait été (je pensais à mon fils Francisco qui habitait à présent loin de moi). «Absolument pas», me répondit-il. Tous ceux qui atteignaient un certain âge entraient dans le kaxa', à quelques mètres de la maison de leurs parents. Aux côtés de Jimon et de Paletó se trouvaient également Hwerein Pe e', son neveu, qui habitait au bord du Rio Negro et que je connus bien, et le frère cadet de celui-ci, Wao Em', qui par la suite fut tué par des membres d'une autre ethnie lors d'une embuscade. Ces quatre jeunes hommes dormaient là, mais passaient leurs journées à aller d'une maison à l'autre, se nourrissant des repas préparés par leurs mères ou leurs sœurs. C'était aussi dans cette maison que les hommes se réunissaient après la chasse pour narrer leurs aventures, et c'était encore là qu'ils s'isolaient après la guerre: on entourait alors la maison d'une barrière de feuilles de palmier afin de les couper des autres, en particulier des femmes. Le reste du temps, cet endroit n'était pas interdit aux femmes, qui venaient s'asseoir pour écouter les conversations quand elles en avaient envie.

Quand j'arrivai à Rio Negro en 1986, il y avait une maison que les Wari' désignaient comme le kaxa', où résidaient un neveu de Paletó et d'autres célibataires, dont Abrão, qui n'y vivait qu'occasionnellement : il avait en effet toujours son hamac chez ses parents. Construite à la façon des maisons des seringueiros, avec des murs de paxiúba et un toit à double versant, elle était toujours très animée, avec des vinyles cloués aux murs et un tourne-disque qu'on utilisait durant les fêtes. Quand Luiz, le premier occupant, épousa Isabel, les autres cessèrent de fréquenter la maison, qui fut laissée à l'abandon. Depuis ce jour, je n'ai plus revu de kaxa' dans aucun village wari' que j'ai visité.

8 LA BELLE-MÈRE-JAGUAR

De Tak Wiowio, la famille de Paletó partit pour Tokwa Mikop. Là, Paletó aida son beau-frère, l'époux de sa sœur aînée, à aménager une roça. « Quiconque vit dans le kaxa' aide son beau-frère à faire la roça », me dit Paletó. C'est à cette occasion qu'il connut To'o Xak Wa, sa future épouse, qui n'était encore qu'un bébé, dans un village voisin où vivaient le père et la mère de celle-ci, Jamain To'u et A'ain Tain.

A'ain Tain lui demanda de prendre sa fille dans ses bras, en l'appelant « ton épouse ». « Elle m'a fait pipi dessus », se souvint Paletó. Il était commun qu'on invite les jeunes gens du kaxa' à prendre des bébés dans leurs bras, parfois tout de suite après l'accouchement, ces enfants devenaient soudain leurs futures épouses. Dans l'idéal, quand la jeune fille atteignait la puberté, le jeune homme revenait la chercher pour consommer leur union. Les femmes et les hommes wari' les plus âgés parlent ainsi de leur « premier mari » ou de leur « première épouse », même quand il n'y a pas eu de mariage. Après que Paletó eut tenu l'enfant dans ses bras, son frère aîné lui dit d'aller chercher du miel en forêt pour « notre belle-mère »: la belle-mère d'un homme devenait également celle de ses frères, de même que l'épouse d'un homme était appelée « notre épouse » par ses frères. Le frère aîné de Paletó fabriqua un arc et une flèche afin que celui-ci les offre à « notre beau-père », qui, en guise de remerciement, demanda à sa femme d'offrir de la chicha aux « époux de notre fille ». Comme ils n'habitaient pas loin, Paletó rendait parfois visite à ses beaux-parents: il se souvint qu'à 7 ans To'o lui offrit de la chicha en l'appelant « frère de ma mère », car Paletó et sa belle-mère étaient frère et sœur classificatoires, c'est-à-dire qu'ils étaient frère et sœur sans aucun lien de parenté généalogique comme nous les concevons.

La belle-mère de Paletó n'était pas une femme ordinaire, me raconta To'o durant l'une de ces journées très spéciales que nous passâmes tous les trois dans cette maison de deux chambres qu'on nous prêta au village de Sagarana, du côté du Rio Guaporé. J'occupais l'une des chambres, et mes parents l'autre. Le toit sans plafond nous permettait de converser sans quitter notre chambre, mais très souvent, la nuit, j'allais les retrouver dans leur chambre et me couchais dans leur lit, à leurs côtés, pour écouter leurs histoires.

To'o avait environ 5 ans quand, un matin, après une dispute, sa mère se rendit à l'igarapé où un jeune homme, fils de sa sœur qui l'appelait « mère », lui proposa d'aller pêcher plus loin, là où d'après lui les eaux foisonnaient de poissons. Il la porta sur le dos pendant une partie du chemin. Au bout d'un temps, la mère de To'o entendit des voix familières l'appeler et lui dire : « C'est un animal qui t'a invitée ! Ce n'est pas un Wari' ! Regarde, voici ta fille ! Elle pleure beaucoup. » Et le véritable neveu criait après celui qui se faisait passer pour lui, et dont tous, à l'exception de la femme enlevée, savaient qu'il s'agissait en réalité d'un jaguar : « Lâche ma mère ! Laisse-la par terre ! » Elle se rendit alors compte que son supposé neveu léchait des feuilles sur le chemin, comme le font les jaguars. Elle le regarda très attentivement et aperçut un petit bout de queue à la base de sa colonne vertébrale. Face aux cris insistants des parents, le jaguar-neveu finit par la laisser et disparut. Selon To'o, sa mère qui avait été portée par le jaguar était recouverte de ses poils. Je lui demandai si sa mère avait eu peur du jaguar, et To'o me répondit : « Bien sûr que non. Elle était wari' [humaine] ! »

Peu de temps après, ils se rendirent à une fête dans une autre localité, où le père de To'o tua un pic et donna l'oiseau à son épouse afin qu'elle le prépare. Sans le vouloir, la mère de To'o passa ses doigts sales sur sa bouche, avalant du sang, ce qui fit d'elle une commensale des jaguars, qui mangent la chair de leur proie crue. La nuit, chez elle (une maison traditionnelle, sans murs), elle dormait sur le plancher de paxiúba avec sa fille To'o sous un bras, un neveu sous l'autre, quand un jaguar se jeta sur elle et la tira dehors par les bras. Il se cogna contre une souche et prit la fuite, poursuivi par les Wari'. Recouverte de griffures de jaguar de la tête aux pieds, elle saignait beaucoup. On la soigna, notamment par des fumigations de maïs, réputées chez les Wari' pour éloigner les doubles des animaux. Ses blessures finirent par guérir.

Plus tard encore, alors qu'ils vivaient dans un autre lieu, le père de To'o tua un grand nombre de sapajous. Sa mère, comme si elle savait déjà ce qu'il avait chassé, partit à sa rencontre dans la forêt. Elle se saisit d'un des singes morts, lui mordit le cou et but tout son sang. Elle cracha, et toutes les personnes présentes, parmi lesquelles se trouvait To'o, purent témoigner que ce n'est pas du sang qui sortit alors de sa bouche, mais un peu de chicha de maïs. Pour les Wari', ce qui à nos yeux est du sang apparaît à ceux du jaguar comme de la chicha. La mère de To'o, de plus en plus liée aux jaguars, finit par avoir deux corps simultanés, l'un humain et l'autre animal, et se mit à pratiquer un type très particulier de traduction. Au lieu de remplacer un mot par un autre, comme le font nos traducteurs, elle transformait dans son propre corps une chose en une autre.

Une fois, elle appela ses filles afin qu'elles aillent ensemble se baigner dans la rivière. Dans l'eau, elles aperçurent un grand nombre de petits poissons, des *piabinhas*. La mère dit alors aux jeunes filles : « Je vais attraper des larves d'insectes. Cousez des feuilles pour les cuire. » Et elle se mit à attraper des piabinhas à la main. Quand elle montra ses prises à ses filles, il ne s'agissait pas de petits poissons, mais bien de larves. En me racontant cela, To'o s'exclama : « Les poissons se sont complètement transformés en larves ! » Une autre fois, To'o partit dans le mato avec sa mère et sa sœur aînée. À l'aide d'un panier de paille qu'elles avaient tressé, elles pêchèrent un grand nombre de *mandi*, une autre espèce de petits poissons. La mère en avala quelques-uns crus et recracha des bouts de chicha de pataúa, un type de palmier. Celles et ceux qui assistèrent à la scène s'exclamèrent: « C'étaient des poissons! Ils se sont complètement transformés en pataúa!» C'est à cette époque que la mère de To'o commença à soigner des malades, devenant l'une des rares femmes wari' à assumer le rôle de chamane.

Assis à côté de nous durant tout ce récit, Paletó ajouta que sa belle-mère était même née bizarre, avec une dent de lait. Comme cela arrive souvent aux chamans, qui au cours de leur vie changent d'association et donc de corps, la mère de To'o finit par ne plus suivre les jaguars et passa aux sapajous et, plus tard encore, aux agoutis. Paletó raconta qu'à sa mort on l'enterra (comme on le faisait pour les personnes qui succombaient à des maladies d'origine mystérieuse), mais qu'au bout de quelques jours son corps avait disparu. « Peut-être est-ce un tatou géant qui l'a tirée de là », dit-il.

J'avais beau connaître l'existence de ce genre d'enlèvements par des jaguars, qui perdurèrent jusqu'à relativement récemment, jamais je n'avais entendu un récit si détaillé, de la bouche d'un témoin aussi proche. Le dernier cas dont j'avais eu vent était celui de Marcos, un jeune adulte du Rio Negro, appelé par un jaguar qui s'était fait passer pour un employé de la Sucam, la compagnie chargée à l'époque de la santé et de l'hygiène en Amazonie. Comprenant que ces cas m'intéressaient énormément, To'o me conduisit dans une maison toute proche de la nôtre, à Sagarana, où vivait une femme d'une soixantaine d'années qui avait été elle-même capturée par un jaguar.

Paletó, To'o et moi nous assîmes sur le sol cimenté d'une pièce au fond de laquelle se trouvait une télévision.

À côté de nous prirent place quelques-uns des petits-enfants de notre hôtesse, ainsi que d'autres personnes, poussées par la curiosité. Après un échange d'amabilités, je lui fis part de mon désir d'entendre et d'enregistrer son témoignage personnel. Lorsque je finis de fixer le micro sur sa chemise et lançai l'enregistrement, une petite foule nous entourait.

Elle avait plus ou moins 5 ans à l'époque des faits. Un jour, les adultes envoyèrent les enfants chercher de l'eau à l'igarapé. Sa mère surgit alors et l'appela pour qu'elles aillent pêcher toutes les deux autre part. La petite accepta, sans se douter que celle qui ressemblait comme deux gouttes d'eau à sa mère était en vérité une femelle jaguar. Chemin faisant, elles tombèrent sur un palmier dont les fruits sont très prisés des Wari', et qu'elles mangèrent avec un peu de maïs que la fausse mère sortit du panier qu'elle portait.

Un peu plus loin, une écharde se planta dans le pied de l'enfant, et la fausse mère la retira. L'ensemble de l'auditoire éclata alors de rire, stupéfait par ce geste si humain pour un jaguar. Elles marchèrent encore un peu et s'arrêtèrent pour dormir. La petite fille était sur le point de s'endormir quand elle remarqua qu'un homme s'approchait d'elles. Celui-ci se coucha sur sa mère et eut des relations sexuelles avec elle. La petite demanda alors : « Qui est cet homme ? », et sa mère lui donna de petites tapes sur les fesses. De nouveau, le public éclata de rire : Paletó m'expliqua que c'était ce que faisaient les mères quand leurs enfants se réveillaient la nuit. Le lendemain, elles mangèrent encore des fruits du palmier et reprirent leur marche, jusqu'à ce que la gamine entende la voix de son frère aîné qui l'appelait. La fausse mère lui dit alors qu'elle allait faire ses besoins et disparut dans la forêt. Quand les parents de la petite la retrouvèrent, elle était recouverte de poils de jaguar et ils s'empressèrent de la nettoyer. À la fin du récit, je lui demandai si elle n'avait vu aucun attribut de jaguar sur sa fausse mère, un petit bout de queue ou quelque chose dans ce goût-là, et elle me répondit: « Rien du tout. C'était ma mère tout craché. »

Selon les Wari', les jaguars avaient du « cœur » (ils étaient doués de raison), ce qui expliquait pourquoi ils relâchaient leurs captifs et disparaissaient dès lors que les parents de leurs victimes se manifestaient. Comme me l'expliqua To'o: « Les jaguars sont de vraies personnes », au sens moral du terme. Il n'en allait pas de même pour les tapirs, qui ne libéraient jamais les personnes qu'ils capturaient. Paletó et To'o furent témoins d'un cas extrêmement rare, le retour d'un jeune homme enlevé par un tapir. Selon le récit de Paletó, le jeune en question disparut au cours d'une partie de chasse avec d'autres hommes. Lorsqu'ils se lancèrent à sa recherche, ils trouvèrent ses empreintes qui semblaient suivre celles d'un tapir: ils en conclurent que ce dernier l'avait enlevé. Ses parents pleurèrent beaucoup, et au bout de quelques jours de battue, on cessa les recherches. Longtemps après, un groupe d'hommes l'aperçut dans la forêt. Son apparence était humaine, mais il avait des genoux et des mains de tapir. Tout recouvert de tiques de tapir, il n'arrêtait pas de se gratter. On le soulagea de tous ces parasites et il alla mieux. Mais tout comme la mère de To'o, il eut par la suite des comportements étranges. Il mangeait des feuilles. Une fois, il rapporta chez lui une grande quantité d'un fruit que les Wari' ne mangent pas, en avançant qu'il était tout à fait comestible. Des fumigations de maïs le guérirent complètement. « Seuls ses genoux ressemblaient encore à ceux d'un tapir », déclara Paletó, avant de m'expliquer que, de nos jours, ce genre de choses n'arrivait plus, non parce que les animaux n'avaient plus la force d'enlever des humains ou n'éprouvaient plus de désir pour eux, mais parce que la forêt était à présent distante et que les jeunes ne la fréquentaient plus.

Quelques années plus tard, Paletó me raconta quelque chose dont je n'avais jamais entendu parler : son beau-père, Jamain To'u, était lui-même étrange. Pendant une partie de sa vie, après avoir tué un queixada, il eut un double qui accompagnait ces animaux, et il lui arrivait de grogner comme un porc. C'était chose commune pour les hommes, qui se faisaient souvent attaquer par le double d'un animal qu'ils finissaient par suivre. Ils devenaient alors chamans, même si ce n'était qu'à titre provisoire, ou plus exactement, ils avaient les « yeux étranges », ou les « yeux libres ». Dès mon deuxième mois passé parmi les Wari', je notai dans mon carnet de terrain : « Apparemment beaucoup d'histoires de personnes qui deviennent des animaux/personnes. Comme s'il était très facile de passer de l'un à l'autre. » Je ne pouvais m'imaginer que tout mon travail à venir serait profondément marqué par cette perception des choses.

9 LES ÉPOUSES

Le frère aîné de Paletó, Manim, mourut en laissant deux veuves. L'une d'elles était To'o Min, celle qui avait sauvé la vie de Paletó à sa naissance en disparaissant avec lui dans le mato. Elle avait eu deux enfants de Manim. La coutume voulait qu'à la mort d'un homme l'un de ses frères cadets hérite d'une de ses épouses ainsi que des enfants qu'il avait eus avec elle. Paletó commença donc à avoir des relations sexuelles avec elle : elle tomba enceinte et donna le jour à une fille, Pijim. En revanche, il refusait toujours de l'accepter comme épouse. Son principal argument était qu'il avait déjà une jeune épouse (To'o Xak Wa) et qu'il n'en voulait pas d'autre. Face à ce refus, les parents de To'o Min se présentèrent armés de leurs *bordunas*, ces bâtons de guerre wari', et l'obligèrent à la prendre chez lui, geste qui achèverait d'acter le mariage.

C'est alors qu'un serpent mordit le frère cadet de Paletó, qui le soigna avec des fumigations de poils d'agouti et des plumes de différentes espèces d'oiseaux, autant d'animaux connus pour manger des serpents, ce qui conférait à leurs poils et à leurs plumes des vertus curatives en cas de morsure de reptils. D'après mes observations, il n'était pas nécessaire d'être chaman pour administrer ces soins, mais à en croire un chercheur qui avait côtoyé Paletó à la fin des années 1960 à Sagarana et qui lui attribuait des « pouvoirs surnaturels », il est possible que mon père ait eu momentanément les « yeux libres ». Un mois passa avant que son frère soit complètement rétabli, et ce n'est qu'à ce moment-là que Paletó se résolut à aller chercher la veuve et ses enfants afin qu'ils vivent avec lui à Pin Karam. To'o Min et lui eurent une autre fille, To'o Em, et un fils, Wao Em', prénom du frère cadet de Paletó, qui fut plus tard transmis à mon fils aîné, Francisco.

Déjà père de famille, Paletó, poussé par son frère, partit chercher To'o, son épouse depuis son plus jeune âge, car elle avait déjà bien grandi. « Elle était belle, mon épouse, dit-il, avec ses cheveux teintés de rouge et ses seins menus. » Les deux frères arrivèrent chez leurs beaux-parents, et Paletó s'adressa à sa belle-mère, qu'il appelait « ma sœur » : « Je suis venu prendre notre fille, ma sœur aînée ! » « Emporte-la ! répondit-elle. Ce n'est plus une enfant. » Et se tournant vers sa fille, elle déclara : « Ton époux est arrivé ! » To'o s'agrippa à l'une des nattes de la maison : « Il ne me plaît pas, il ne me plaît pas ! » Sa mère insista : « C'est lui ton véritable époux, il t'a donné le bain alors que tu étais petite. » Dans un panier, elle rangea les affaires de sa fille, dont du roucou afin qu'elle se maquille. « Va ! », lui dit-elle. To'o pleurait. « Sa mère n'éprouvait aucune peine pour sa fille », dit Paletó. Elle finit par se mettre en chemin aux côtés de Paletó et de son frère, mais à mi-parcours, elle rentra chez elle en courant. « Cette petite jeune fille avait très peur de moi ! » La mère dut de nouveau la chasser et, en lui tirant les oreilles (cette scène me fut également racontée par To'o elle-même, à plusieurs reprises), elle la ramena à Paletó.

To'o était mince, le dos très droit, à l'instar des femmes wari', avec cette coupe caractéristique qui évoque celle immortalisée en Occident par Coco Chanel : droite et courte, à hauteur des oreilles, avec une frange. D'après mes calculs, il devait y avoir une différence de quinze ans entre Paletó et elle, étant donné que celui-ci était déjà adolescent lorsqu'il la prit dans ses bras. Difficile à dire, car ils vieillirent ensemble et, à la fin de leur vie, ils semblaient du même âge. À propos de leur mariage, Paletó déclara : « Ça ne lui plaisait pas, pas du tout, mais après, ça lui a plu, elle est devenue l'une des miens, nous formions une paire, elle me suivait. » Un jour, il me raconta en souriant qu'avec du jus de jenipapo, il avait recouvert de dessins le corps de To'o avant de se rendre à une fête.

Quand je fis leur connaissance, c'étaient des compagnons inséparables, et To'o semblait fascinée par la vivacité de Paletó. Elle écoutait tout ce qu'il disait avec la plus grande attention et riait beaucoup de ses nombreuses blagues. L'une des fois où il me raconta que, toute jeune, elle avait peur de lui, je me tournai vers To'o et, par plaisanterie, lui demandai si c'était encore le cas. « Non, il ne me fait plus peur », fit-elle en souriant.

Une autre fois, alors que Paletó, mes fils et moi nous rendions chez eux à Linha 29, de retour d'un séjour du côté du Rio Negro, nous fîmes escale chez sa fille, ma sœur Orowao, à Linha 26, afin de récupérer To'o qui y séjournait. En voyant notre voiture arriver, elle accourut en répétant : « Où est Paletó ? Où est Paletó ? » Lorsqu'elle l'aperçut, elle parut clairement soulagée. Je me souviens très nettement de cet instant parce que, juste avant de monter à bord, To'o alla chercher dans la maison de sa fille deux nattes tressées par elle-même pour Francisco, qui avait exprimé le désir de dormir sur ces lits typiquement wari', habitude qu'il prit à notre retour à Rio et qu'il conserva des années.

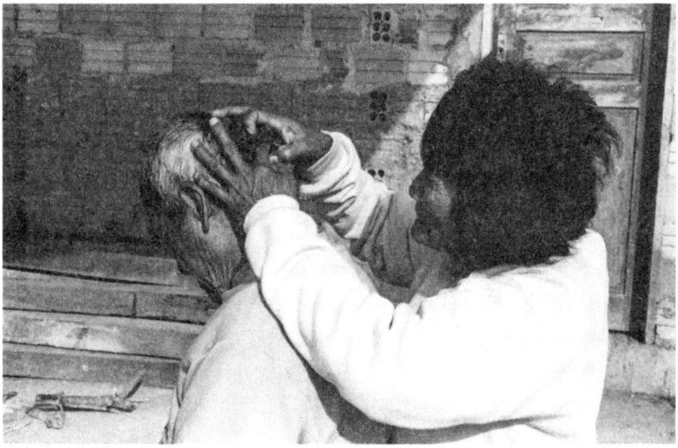

Paletó et To'o s'asseyaient toujours côte à côte, jambe contre jambe. Elle ne manquait jamais une occasion de l'épouiller, de le débarrasser des tiques qui s'en prenaient à ses mains et à ses pieds, et de lui gratter le dos. Elle s'occupa de lui avec une tendresse infinie dès que la maladie commença à limiter sa mobilité, et lui sauva probablement la vie un jour. To'o me raconta en effet que lorsque Wan e', mon père chaman, déjà bien malade, avait appelé Paletó pour qu'il vienne boire avec lui de la chicha sous l'eau (en d'autres termes, pour qu'il l'accompagne dans la mort), elle avait lancé d'un ton catégorique: « Paletó reste ici ! » Après leur conversion évangélique, Paletó aimait à dire qu'elle était véritablement sa côte, en référence au passage de la Genèse.

Je ne saurais expliquer pourquoi To'o ne devint jamais vraiment ma mère, alors que c'était le nom que je lui donnais. Nous étions très proches, nous conversions beaucoup, mais nous avions le sentiment, elle comme moi, qu'il manquait quelque chose pour devenir tout à fait parentes, comme Paletó et moi. Peut-être qu'un séjour chez moi, à Rio de Janeiro, lui aurait permis de mieux me connaître et de rencontrer ma famille carioca. Très souvent, elle se comportait exactement comme une mère, en particulier en présence de Paletó. Durant ce moment que nous passâmes tous les trois dans la même maison, à Sagarana, elle me reprit une fois très sévèrement, comme l'une de ses filles encore adolescentes. J'étais sortie en fin d'après-midi en leur disant que je me rendais chez des amis, non loin de chez nous. Arrivée à destination, je trouvai un petit groupe qui regardait le journal télévisé sous la véranda. Je m'assis parmi eux et je perdis la notion du temps, happée par la télénovela qui suivit, *América*, laquelle faisait fureur, principalement à cause d'une chanson que les jeunes chantaient à tue-tête: *Alô galera de cowboy, alô galera de peão* (« Salut bande de cow-boys, salut bande de péons »).

Quand je rentrai à la maison, To'o m'attendait sur le pas de la porte et se lança dans une réprimande fleuve, m'expliquant à quel point Paletó et elle s'étaient inquiétés, notamment à cause de la présence ces derniers jours d'ouvriers non indigènes, venus à Sagarana construire des installations sanitaires. Me voyant marcher seule à la nuit tombée, ils auraient pu me tomber dessus au détour d'un chemin et m'obliger à avoir des relations sexuelles. Je ressentais à la fois de la tendresse en les voyant si préoccupés, et de la colère en me voyant sermonnée de la sorte : c'était donc cela que d'avoir des parents dans cet univers-là.

Lorsqu To'o rejoignit la famille de Paletó, elle suscita la jalousie de sa première épouse, qui fit preuve d'une grande rudesse à son égard, même si elle l'appelait « ma sœur », ainsi qu'on le fait avec une cousine germaine. « Elle ne voulait pas que j'aie une autre épouse, elle voulait être la seule », me dit Paletó. « Pourquoi l'as-tu ramenée ? Tu as déjà beaucoup de relations sexuelles ! », lui reprochait son épouse. Le lendemain de l'arrivée de To'o, la première épouse l'invita à venir se baigner avec elle dans la rivière et, par jalousie, interdit à Paletó de les suivre, comme tout époux avait coutume de le faire avec ses femmes « Cela ne m'a pas mis en colère. Seuls les jeunes hommes célibataires connaissent la colère », dit-il.

To'o ne cessait d'aller et venir entre la maison de ses parents et celle de son mari, jusqu'à ce qu'elle finisse par avoir du « courage » vis-à-vis de Paletó, et se mette à lui offrir de la nourriture et à dormir sous son toit, Paletó entre ses deux épouses. Selon Paletó, ce n'est qu'au bout de plusieurs jours qu'ils firent l'amour pour la première fois, dans la forêt, lieu de prédilection pour les rapports sexuels avec des épouses jeunes, tandis que les maris ont tendance à chercher les faveurs des épouses plus âgées, déjà mères, sous leur propre toit, la nuit.

Paletó ne me précisa pas s'il dut insister pour la convaincre d'avoir des relations sexuelles avec lui, mais à en juger par sa façon de raconter le début de leur histoire, To'o semble s'être rapprochée de lui de son plein gré. Leur tout premier rapport eut sans doute lieu à l'initiative de Paletó, même si très souvent, chez les Wari', c'étaient les femmes qui prenaient les devants, en particulier les maîtresses. La femme retirait le petit cylindre métallique qui servait de parure d'oreille à l'homme, le léchait et le jetait par terre, ou bien elle lui chatouillait le dos. L'homme disait alors qu'il allait chercher du bois dans le mato, et après un certain temps, la femme annonçait qu'elle se rendait au même endroit pour déféquer. Ils faisaient alors l'amour, lui au-dessus d'elle. Paletó me confia que les femmes se plaignaient souvent des épines qui jonchaient le sol. Les épouses, de leur côté, soupçonnaient leur mari d'avoir une maîtresse lorsque l'acte sexuel durait plus que d'habitude : c'est ainsi qu'une amie m'expliqua pourquoi en vérité les femmes wari' aimaient que leur époux éjacule précocement.

J'imagine que cette intimité croissante entre To'o et Paletó poussa l'épouse plus âgée à rejeter encore plus sa rivale qui, face à tant de méchanceté, décida une énième fois de rentrer chez ses parents. Il semblerait que ce genre de conflits était courant entre les épouses, même si, la plupart du temps, elles étaient parentes. Pourtant, avec le temps, elles finissaient par des liens forts, et s'aidaient l'une l'autre dans les tâches ménagères et l'éducation des enfants. En relisant mes carnets, je constate que cette situation m'impressionna fortement à l'époque. Durant mon deuxième mois d'étude, je notai en effet le rêve suivant :

> ***J'ai rêvé que j'étais mariée à un type qui avait deux autres femmes et qui passait une nuit sur trois avec chacune de ses épouses. Il y en avait une très chiante qui ne le laissait jamais approcher. J'ai été la première à le quitter. Á la fin, même la chiante est partie : il ne restait plus qu'une femme, qui était Topa' Jam.***

C'était l'une de mes amies du Rio Negro, chez qui j'enregistrais des chansons interprétées par les femmes wari'.

L'imbroglio matrimonial de Paletó fut résolu d'une façon bien différente que dans mon rêve. Au bout d'un temps, la première épouse lui demanda de faire revenir la plus jeune, et Paletó partit la chercher, une fois de plus accompagné de son frère. Mais cette fois-ci, To'o refusa catégoriquement de revenir. Elle partit en courant dans la forêt avec sa sœur cadette, après avoir déclaré que l'autre épouse était bien trop méchante avec elle. « C'était comme si elle savait que le blanc la tuerait », dit Paletó.

En restant chez ses parents, To'o allait échapper au massacre qui aurait bientôt lieu.

10 LA MORT EN FACE POUR LA SECONDE FOIS : LE MASSACRE

J'ai de nombreuses fois entendu ce récit, sans que l'horreur s'amoindrisse jamais. Paletó l'incarnait, avec une expression qui tenait plus de la colère que de la tristesse. Je me réfère ici à la version qu'il m'a livrée à Rio de Janeiro, le 17 décembre 2012. Paletó, Abrão et moi avions passé le week-end sur la plage d'Itacoatiara, à Niterói. Nous allâmes également sur la plage voisine, Camboinhas, rencontrer les Guarani Mbyá qui y vivent, en compagnie d'une de mes élèves, Amanda, dont les recherches portaient sur ce groupe indigène. Pour nous y rendre, nous traversâmes une rivière à gué et, au retour, l'eau nous arrivait au-dessus de la ceinture, ce qui amusa Paletó autant que cela l'inquiéta. Ce matin-là, Paletó avait longuement parlé via Skype avec la missionnaire Barbara Kern, qui avait passé de longues années parmi eux et vivait à présent en Allemagne. Après cette conversation, je branchai mon dictaphone et lui demandai de me raconter sa vie, une fois de plus. L'épisode du massacre fut relaté dans la continuité du récit des naissances et des mariages que j'ai repris ci-avant. Il a eu lieu à Xi Kam Araji, localité proche de l'Igarapé da Gruta, à environ huit heures de marche du poste Rio Negro-Ocaia, vraisemblablement en 1955.

Quelques jours avant le massacre, Paletó et un groupe d'homme étaient partis chasser des singes-araignées au bord du Rio Pacaás Novos, où ils aperçurent quelques blancs. Ils avaient échangé des sifflements pour définir les endroits où les singes pouvaient se trouver, et Paletó était d'avis que les blancs les avaient entendus. De retour chez eux, ils informèrent les autres. Paletó, son épouse To'o Min et leurs enfants, qui vivaient dans un village voisin, étaient venus visiter le père de Paletó et l'aider à organiser une fête. Au petit matin, après une nuit de réjouissances, durant laquelle les invités burent beaucoup, vomirent et perdirent connaissance, les hôtes les aspergèrent d'eau tiède pour les réveiller, et tout le monde rentra chez soi.

Comme il est d'usage après une fête, les hôtes eux-mêmes, après le départ des convives, allèrent se baigner dans la rivière. Paletó, To'o Min, leur fille To'o Em, qui devait avoir 5 ans, et Wao Em', le plus jeune fils qui avait un an, s'engagèrent sur le chemin qui menait de l'emplacement de la fête jusqu'au cours d'eau. La petite demanda à son père de la prendre dans ses bras, mais Paletó s'était cogné le pied contre une branche en chassant le singe-araignée : il demanda à sa femme de s'en charger et porta le petit Wao Em' qui ne savait pas encore marcher. Paletó se souvint que, dans ses bras, il suçait les mèches de ses cheveux.

De retour de leur baignade, en remontant le chemin vers les habitations, ils entendirent des déflagrations.

« Tatatatata », imita Paletó, ce qui m'évoqua instantanément le bruit d'une mitraillette. Ils virent le fils aîné de l'épouse de Paletó, issu de son union avec son frère, gisant au sol, mort. Le père de Paletó courait sur un autre sentier quand soudain, de rage, il s'arrêta net pour faire face aux meurtriers et leur crier : « Vous avez tué mon petit-fils, ordures d'ennemis ! C'était mon petit-fils, misérable ennemi ! » Un tir le fit taire définitivement. La mère de Paletó parvint à s'enfuir et à rejoindre une localité voisine, mais la balle qu'elle avait reçue dans le dos eut raison d'elle.

Paletó et sa femme, leurs enfants dans les bras, tentèrent de prendre la fuite aussi vite qu'ils le purent, mais les blancs touchèrent la petite To'o Em, qui s'écroula par terre en criant : « Père, père, l'ennemi m'a touchée ! » « Comme elle était belle, ma fille que le blanc a tuée ! », s'exclama Paletó à ce moment du récit. Paletó, sans lâcher son fils, continua à fuir et se cogna le front contre une branche : désorienté, il crut qu'une balle l'avait frappé. Son fils criait, croyant que son père était mort. Son épouse, à la vue de sa fille qui gisait, cessa de courir et rebroussa chemin, rampant au sol pour éviter les balles, le bras recouvrant son visage pour tenter de le protéger. L'un des tireurs, comprenant que la mère revenait, cessa le feu en attendant qu'elle se saisisse de sa fille. Il lui tira alors dans la vulve et elle s'effondra, sans mourir sur le coup.

Arrivé sur la berge, Paletó traversa la rivière en portant Wao Em'. De l'autre côté, il retrouva les convives de la veille et leur raconta ce qui était arrivé : « Ils ont tué nos enfants et leur mère ! » Deux des fils de son épouse, ainsi que Pikim, sa fille, en avaient réchappé. Les hommes se préparèrent à la contre-offensive. Paletó nomma Orowao Totoro, Wem Kanum, Wan Hon Tamatara en associant à chacun d'eux l'un des doigts de sa main. L'un après l'autre, ils se levèrent armés de leur arc, puis ils partirent en courant. Sur place, ils ne purent cependant que constater l'absence des blancs. Paletó arriva peu de temps après eux et, plein de colère, leur dit qu'ils auraient dû l'attendre, puisque c'était lui qui avait le devoir de transpercer les ennemis de ses flèches.

Pendant ce temps-là, l'épouse de Paletó, gravement blessée, était parvenue à rejoindre un village voisin, où elle s'écroula à nouveau sur le plancher de paxiúba d'une maison. Quand les hommes la retrouvèrent, elle demanda à Paletó où se trouvait le corps de leur fille : « Pourquoi l'as-tu laissé là-bas ? », lança-t-elle avec fureur. Paletó répondit qu'il avait été contraint de poursuivre sa course avec leur fils. Les habitants de la maison où l'épouse avait trouvé refuge prirent à leur tour la fuite en la portant sur le dos. En chemin, elle mourut et ils s'arrêtèrent. Beaucoup de gens vinrent la pleurer, la rôtir et la manger, parmi lesquels les membres de la famille paternelle OroAt de Paletó, dont les frères Wao Tokori et Jamain Tamamain dont je fis la connaissance sur les rives du Rio Negro (le second est encore vivant).

En plus du père de Paletó, du fils de son frère et de sa fille, moururent aussi l'épouse de Hwerein Pe e', son neveu (avec qui il avait vécu autrefois dans la maison des célibataires), et deux de ses filles, encore petites. Hwerein Pe e' parvint à s'échapper, mais il me montra plus d'une fois les impacts de plomb sur son dos. D'autres habitants de Rio Negro portaient les mêmes cicatrices: Mo'am, sœur de Hwerein Pe e', et deux des frères cadets de Paletó par son père, Xieman et Patan.

Bien que touché lui aussi, Xiemain, alors âgé de 5 ans, avait pris la fuite dans la forêt où il était resté caché quelques jours, se nourrissant de ce qu'il arrivait à cueillir, jusqu'à ce qu'un homme le retrouve. Dans son récit, Paletó observa que Xiemain avait un corps « étrange », car plus tard, il fut de nouveau touché par les balles des blancs. Il survécut à nouveau, mais deux hommes trouvèrent la mort lors de cette autre attaque.

Selon Paletó, les blancs retournèrent à Xi Kam Araji et restèrent quelques jours dans les environs, aux aguets. Quand on put enfin s'approcher des corps, ceux-ci étaient putréfiés et partiellement dévorés par les urubus. Les blancs avaient enfoncé deux flèches dans la bouche du père de Paletó. Ils emportèrent malgré tout ce qui restait des corps, et Paletó vit le pied de sa fille To'o Em, la seule partie d'elle encore intacte. On recueillit les parties putréfiées dans des paniers qu'on emporta dans un village de l'autre rive de la rivière, où elles furent rôties: l'un des moquéns était exclusivement recouvert de restes d'enfants. Toujours pourchassés, Paletó et les siens fuirent encore plus loin, où ils purent enfin s'arrêter pour manger leurs morts.

En juillet 2007, accompagnée de l'anthropologue Beth Conklin et de l'archéologue Dusan Boric, je me rendis à Xi Kam Araji, sur les lieux du massacre, avec quelques hommes et femmes de la région: c'était la première fois que des Wari' allaient là-bas, une cinquantaine d'années après ces terribles événements. Paletó ne put se joindre à nous : les deux jours de marche auraient été trop difficiles pour lui. Et de fait, cette traversée ne fut pas de tout repos. Après une heure en tracteur et quelques autres à pied, il nous en fallut trois de plus pour franchir l'Igarapé da Gruta à gué. Tandis que les Wari', sans chaussures, progressaient aisément avec de l'eau jusqu'aux genoux, nous autres étrangers, les bottes vite remplies d'eau et de boue, nous vîmes obligés de les retirer pour poursuivre. Dusan nous photographia, Beth et moi, dans l'eau jusqu'à mi-cuisses, chacune agrippée à un grand bâton au sommet duquel étaient accrochées nos chaussures – curieux drapeau. J'avais terriblement peur de me blesser dans ce coin perdu de l'Amazonie et de plus pouvoir marcher. En effet, nous ne voyions absolument pas où nous mettions les pieds. Durant cette traversée, nous croisâmes un bébé caïman mort sur une pierre, et je m'imaginai aussitôt que sa mère nous guettait. Rien n'arriva, mais au retour, sur le conseil de notre archéologue qui avait toujours d'excellentes idées dans ce genre de situations, nous chaussâmes des tongs que nous recouvrîmes de chaussettes, enveloppant le tout de gros scotch, type ruban adhésif isolant. Cela fonctionna assez bien au début, mais le ruban commença à se détacher, les chaussettes à s'imbiber, et nous dûmes bientôt retirer nos tongs pour poursuivre pieds nus, comme à l'aller. Le lendemain, alors qu'il faisait le récit de notre expédition durant le culte dominical, le pasteur Awo Kamip, neveu de Paletó qui nous avait accompagné, fit remarquer que nous, les blancs, avions la peau des pieds décidément très fine.

A'ain Kaxun, frère de Paletó (par son père) qui avait réchappé au massacre, fut l'un de nos guides : en arrivant à destination, il me dit que ses yeux se remplissaient d'eau. Il désigna les emplacements de chaque maison et l'endroit précis où son père avait été abattu. Les poteaux de certaines habitations se dressaient encore au milieu du mato luxuriant. Nous relevâmes des impacts de balles sur des troncs et des tessons de marmite brisés. J'appris alors que mon autre père, Wan e', et ma mère Orowao Xik Waje vivaient également ici lors du drame et qu'ils avaient réussi à s'enfuir avec leurs trois enfants en bas âge. Nous filmâmes les lieux, ainsi que plusieurs personnes relatant le massacre, et diffusâmes les images dès notre retour sur une télévision tournée vers l'extérieur de la maison où elle se trouvait.

À Xi Kam Araji, le pasteur Awo Kamip raconta que lors d'un raid armé, alors qu'il avait environ 7 ans, son père avait été tué par les blancs et que l'un d'eux lui avait tranché une oreille. Chez les Wari', j'ai entendu un grand nombre de récits de massacres. L'un d'eux me fut soumis par un homme OroMon, à l'occasion d'une expédition menée avec Paletó et To'o sur le territoire de ce sous-groupe, en 2003. Il avait entre 7 et 8 ans, ce qui place les événements autour de 1960. Il se rappelait que les blancs jetaient les cadavres d'enfants wari' en l'air afin qu'ils retombent sur leurs machettes qui les tranchaient en deux. Selon l'évêque émérite dom Roberto, qui me rapporta exactement le même type d'exactions lorsque nous discutâmes des massacres, ces scènes d'horreur étaient alors tout à fait communes.

La paix qui semble définir de nos jours les relations entre les Wari' et les blancs est en vérité précaire : il n'est pas rare que la tension affleure soudainement. En ville, les Wari' sont stigmatisés du fait de leur apparence et de leurs difficultés à parler le portugais. Récemment, et à plusieurs reprises, des seringueiros ont fait irruption dans des villages wari' à la limite de la réserve, de nuit, et ont menacé la population avec des armes, suscitant une telle terreur que l'un des villages, Ocaia II, a été abandonné. En juillet 2005, dans le port de Guajará-Mirim, alors que le pilote Chagas, Paletó, To'o et moi nous apprêtions à partir pour Sagarana, nous fûmes abordés par des soldats de l'opération de contrôle des frontières « Timbó ». Durant tout notre échange avec les soldats, Paletó et To'o restèrent immobiles, accroupis, mutiques. Ils étaient terrorisés. Lorsque, ayant enfin trouvé les gilets de sauvetage manquants, nous partîmes, Paletó déclara que Dieu nous avait aidés, exactement comme il avait aidé Moïse, lui aussi menacé par des soldats.

Du temps où ils n'étaient pas encore chrétiens, les Wari' ne renoncèrent jamais à leur désir de vengeance, même lorsque la présence massive des blancs rendit toute guerre impossible. Les chamans me racontaient que les blancs de la ville croyaient mourir de maladies connues, alors qu'en vérité ils étaient victimes de leurs attaques. Ceux qui croyaient qu'un blanc avait été tué par un jaguar ignoraient que ce jaguar était en vérité le double d'un chaman qui l'avait sciemment assassiné, comme durant une guerre. Orowam, le chaman-jaguar du Rio Negro, me relata diverses attaques de son corps animal contre des blancs. En outre, à cette époque, tous les jeunes hommes wari' rêvaient de faire leur service militaire, ce qui n'était pas chose aisée car ils n'avaient pas toujours le niveau scolaire exigé. Ceux qui parvenaient à s'enrôler finissaient par quitter l'armée, gênés par l'excès de travail et de discipline. Pourtant, quand je leur demandais pourquoi ils tenaient tant à se former militairement, ils répondaient sans hésiter : « Pour tuer du blanc ! »

11 L'ÉPOUSE ENSORCELÉE ET LE POISON DANS LA MAISON

À l'époque du massacre, To'o, la jeune épouse de Paletó qui avait fui sa maison, tomba malade et maigrit énormément. « Elle a failli mourir », dit-il en expliquant que cette maladie était due à un sortilège. Un sorcier, probablement un homme, avait élevé au fond de la forêt un *jirau**, l'avait décoré avec du roucou et des plumes blanches afin qu'il soit beau et attrayant, et y avait déposé quelque chose que To'o appréciait énormément, sans doute du miel ou de la viande d'un gibier bien précis. De nos jours, il aurait pu choisir comme appât une moustiquaire, des vêtements ou même de l'argent. Puis le sorcier avait fait un trou dans la terre, dans la forêt ou au bord de l'eau, et la nuit venue, avait murmuré dedans : « *To'o, To'o Xak Wa!* »

* Sorte de plateforme pouvant servir de lit ou de séchoir (notamment à bois).

Toute sorcellerie est impossible si on ne connaît pas le nom de sa victime : c'est l'une des raisons qui expliquent les changements de prénom constants dans la vie d'un Wari'. Plongée dans le sommeil, To'o rêva du cadeau qui lui était offert et répondit à l'appel par un *ha!* – équivalent à notre « hé ! » Un double de To'o, dont l'apparence était celle d'un bébé à la peau claire et luisante, alla à la rencontre du sorcier, qui aussitôt l'attacha avec des lianes à une petite estrade de bois, en position fœtale, puis se mit à le torturer en enfonçant dans sa chair de petits bouts de bois et des pointes de flèches. Au même moment, chez elle, To'o se figea, rigide, dans la même position que son double. Comme les morts subites étaient fréquemment attribuées à des sortilèges, les sorciers évitaient de viser directement le cœur, afin de confondre les proches de la victime et d'éviter tout soupçon. Dans le cas de To'o, le subterfuge laissa assez de temps aux chamans pour intervenir : ils retirèrent les doubles des bouts de bois et des pointes de flèches de son corps, tandis que leurs corps animaux qui sillonnaient la forêt retrouvaient le jirau et détachaient le double de To'o. Elle fut incapable d'identifier le sorcier : celui-ci ayant agi la nuit, elle n'avait pu voir son visage dans son rêve.

De toute ma vie, je n'ai vu qu'une seule femme ensorcelée, fin 1986. Elle avait été transportée dans la Maison de l'Indien de Guajará-Mirim. La rigidité de son corps, figé lui aussi en position fœtale, m'impressionna fortement. On essaya d'étirer ses membres, sans résultat. Plusieurs chamans prirent part à sa guérison, retirant de son corps de petits bouts de bois et des pointes de flèches qu'ils montraient aux personnes présentes. Ils disaient qu'il y avait toutes sortes de bêtes dans son corps. Une autre femme, me décrivant l'agonie de son père tué par sorcellerie, déclara que du miel avait coulé de son corps, preuve que du miel avait été utilisé pour attirer le double de la victime. La femme de Guajará-Mirim finit par guérir et, tout comme To'o, déclara n'avoir pas vu le visage du sorcier.

Bien que je ne l'aie pas vu malade, Jao, l'une des personnes que j'avais connue à Rio Negro, succomba à un sortilège. Paletó raconta qu'après qu'une bagarre eut éclaté dans le village voisin de Santo André sur des soupçons d'infidélité conjugale, des hommes du Rio Negro s'étaient rendus sur place pour prêter main-forte à leurs parents qui y résidaient et avaient molesté certains habitants. L'un des parents de la femme de Jao reçut un coup de borduna sur la tête. Suite à cela, le parent prépara un jirau et appela le double de Jao en l'appâtant avec une femme magnifique. À son réveil, Jao déclara qu'il avait rêvé d'un esprit. Il se rendit ensuite à la rivière et revint déjà en proie à la fièvre. Il mourut rapidement. On lui avait enfoncé une épine dans la gorge, qui était très enflée.

Orowam, chaman-jaguar, me raconta que, alors qu'il marchait dans la forêt dans son corps animal, il était tombé sur le jirau conçu pour tuer Jao, mais qu'il était déjà trop tard. Une autre fois, en revanche, il réussit à sauver Awo Kamip qui avait rêvé qu'un sorcier lui offrait un tatou. Dès qu'Orowam-jaguar apparut, le sorcier prit la fuite. Le père d'A'ain fut également victime de sorcellerie. Selon Paletó, il avait une flèche dans chaque œil, un bâton de babaçu fiché dans sa cuisse et un de *pupunha* (un autre type de palmier) qui lui sortait de la poitrine. Et ce n'étaient pas des images de bâtons que seul le chaman pouvait voir, mais de véritables bâtons, visibles de tous.

Après avoir réchappé au sortilège, To'o, l'épouse en fuite, consentit finalement à vivre avec son époux, acceptant d'élever les enfants orphelins de Paletó et d'allaiter le petit Wao Em' : ayant récemment avorté d'un fils de Paletó durant sa maladie, elle avait encore les seins pleins de lait. Pikim, la fille aînée de Paletó, partit vivre avec sa sœur aînée chez sa famille paternelle OroAt, où elle mourut d'une maladie. Il ne restait plus que Wem Parawan, déjà jeune homme, lui aussi fils du frère de Paletó, et le petit qui tétait encore. À en croire Paletó, To'o adopta les deux garçons et fut très affectée lorsqu'elle apprit la mort de Wem Parawan, victime de sorcellerie à Ton Kat.

Là encore, le sortilège fut motivé par un soupçon d'adultère. Un homme du sous-groupe OroEo accusa le jeune homme d'avoir eu des relations sexuelles avec son épouse, et tout porte à croire qu'il fut le sorcier responsable de sa mort. On alla chercher Paletó et To'o en leur disant : « On a tué votre fils ! » Lorsqu'ils arrivèrent à Ton Kat, le mort avait déjà enflé, et il était évident qu'on avait enfoncé un grand nombre de bouts de bois dans sa chair. Des guêpes sortaient de sa bouche et son corps était recouvert de piqûres, preuve que le sorcier s'était servi d'un nid de guêpes pour appeler sa victime par son nom et attirer son double.

To'o, qui allaitait toujours, pleura beaucoup, toujours selon Paletó. Pour venger le mort, l'un des parents de Paletó se rendit sous un faux prétexte dans le village des parents du présumé sorcier, dans l'intention de cacher dans un mur d'une des maisons une liane vénéneuse du nom de *paparato*. L'état de santé des habitants ne tarda pas à se dégrader, et ils en déduisirent qu'ils avaient été empoisonnés par des parents OroNao' de Paletó. Ils retrouvèrent la liane, la jetèrent à l'eau, et seules deux personnes trouvèrent la mort. Le poison se retourna alors contre les OroNao', dont certains membres moururent, y compris l'un des fils de mon père-queixada Wan e'. Quelques années plus tard, Wao Em', le fils cadet de Paletó que To'o avait allaité, tomba malade et succomba à son mal.

Après cette triste disparition, To'o ne tarda pas à retomber enceinte : Orowao Karaxu, sa première fille, naquit dans la localité de Kaxima, probablement entre 1958 et 1959.

12 RENCONTRE AVEC LES BLANCS

Nous étions en mai 1961. Depuis presque une décennie, la situation dans la région de Guajará-Mirim était extrêmement tendue, depuis que les seringueiros avaient décidé de s'installer de plus en plus en avant sur les terres des Wari', perpétuant des massacres tels que celui de la famille de Paletó. Quand ils le pouvaient, les Wari' ripostaient et tuaient des blancs. Mais la violence de ces derniers atteignit bientôt de tels niveaux que les Wari' se réfugièrent dans des lieux toujours plus inaccessibles, comme les terres des sous-groupes OroEo et OroAt, vers les cours supérieurs du Rio Negro et de l'Igarapé Ocaia, territoire où Paletó vécut, ayant quitté Ton Kat pour s'installer à Hwijimain Xitot. Non loin de là, Koxain fut le lieu choisi par l'équipe dite « de pacification » pour entrer en contact avec les Wari'.

Cette équipe était composée d'un prêtre catholique, le père Roberto Arruda, dont je fis la connaissance à Guajará à l'époque où il était déjà évêque émérite ; d'un fonctionnaire du Service de protection de l'Indien (SPI),

Fernando Cruz; de Gilberto Cruz, lui aussi du SPI, affecté dans un second temps; de Rui Figueiredo, de Diários Associados, grand groupe de médias brésiliens; de Saul, un indien Kanoê; et de quelques autres non-indigènes recrutés à Guajará. Les accompagnaient également des hommes wari' issus de groupes approchés par le passé par les missionnaires évangéliques nord-américains de la New Tribes Mission, mission religieuse qui s'était établie dans cette région dès la fin des années 1940 avec le même objectif. Après plusieurs tentatives, ces missionnaires avaient réussi à nouer des liens pacifiques avec cette population wari' isolée des autres depuis cinquante ans, qui vivait entre les affluents de la rive gauche du Rio Pacaás Novos et était majoritairement constituée d'individus issus du sous-groupe OroNao', le même que Paletó.

Selon les Wari' eux-mêmes, cet isolement avait été provoqué par des pluies particulièrement violentes et l'élargissement soudain de la rivière, qui entraîna une hausse du trafic fluvial des blancs. Il leur devint impossible de passer d'une rive à l'autre, alors qu'ils le faisaient jadis sans la moindre difficulté: durant la saison sèche, ils traversaient même la rivière à gué. Les tout premiers contacts eurent lieu en 1956, exclusivement avec cette population, et seulement cinq ans plus tard, en avril 1961, les missionnaires parvinrent à se rapprocher d'un autre segment de la population wari' composé des sous-groupes OroMon, OroWaram et OroWaramXijein, qui vivaient sur la rive droite du Rio da Laje, relativement près de la voie ferrée Madeira-Mamoré. C'est parmi ces personnes, avec lesquelles le contact avait été noué cinq ans plus tôt pour certaines, pour d'autres à peine un mois auparavant, qu'on recruta des membres pour l'expédition dans la région du Rio Negro. Étant donné la rivalité qui les opposait aux prêtres catholiques, les missionnaires évangéliques en furent exclus, et ils s'indignèrent de n'avoir pas même été informés.

L'équipe arriva dans le village désert de Koxain et accrocha aux poteaux des maisons des haches et des couteaux en métal. Jimon Pan Tokwe habitait à Terem Matam, une localité voisine, et faisait encore pousser du maïs à Koxain. Un jour, en allant récolter des épis, il aperçut les outils, les prit et les rapporta à ses parents, qui s'étonnèrent de la stupidité des blancs qui laissaient ainsi leurs objets à la portée de n'importe qui. « Le blanc a perdu la raison, il est devenu débile ! », déclarèrent-ils. Ils se rendirent à Koxain le lendemain, et trouvèrent de nouveaux objets. La nouvelle parvint un peu plus en amont, là où vivait Paletó, où l'on se demanda bientôt s'il convenait d'aller transpercer de quelques flèches ces blancs abrutis. Ils décidèrent de descendre le cours de la rivière en direction de leurs terres, dans la région des OroNao' qu'ils avaient abandonnée par peur des raids des blancs.

Paletó était accompagné de son beau-père, d'autres hommes et de leurs épouses. En chemin, ils trouvèrent un terrier de tatou et attendirent la nuit pour le tuer, puis ils le rôtirent et le mangèrent. « Allons transpercer les blancs de nos flèches, pour qu'ils ne puissent pas entrer dans nos maisons ! Allons-y ! » Arrivés à Terem Matam, ils apprirent que d'autres hommes, dont le frère cadet de Paletó et son neveu A'ain (celui qui, plus tard, passa chez moi de très bon matin pour me faire participer à ma première expédition hors du village, à Ta' Nakot), étaient déjà partis à Koxain s'occuper des blancs. « Ils auraient dû nous attendre ! », se plaignirent-ils.

Au même moment, ces guerriers espionnaient le campement de ceux qu'ils prenaient pour une bande de blancs imbéciles qui ne demandaient qu'à être tués, sur l'autre rive de l'Igarapé Ocaia. À en juger par les bruits qu'ils faisaient, ils étaient en train de construire un abri, mais les guerriers furent soudain surpris par le chant du tinamou à gorge blanche, que les Wari' imitent pour s'appeler les uns les autres. « Les blancs savent reproduire le son du tinamou ! », s'étonnèrent-ils. Puis ils entendirent ces mêmes blancs se parler en wari'. « Les blancs savent parler ! » En vérité, il s'agissait des Wari' de l'expédition, mais ils étaient méconnaissables : ils portaient des vêtements et avaient les cheveux courts. Les guerriers s'éloignèrent. Paletó insista sur ce point : « Nous avions très peur des blancs, ma fille ! Nous pensions qu'ils nous tueraient tous ! »

Les guerriers dormirent et, le lendemain matin, ils virent une pirogue passer en direction de l'Igarapé Ocaia, là où se trouvait le campement des blancs. Le frère de Paletó appela son neveu A'ain : « Allons tuer les blancs ! Allons-y ! » À la proue de la pirogue se trouvait un homme habillé, et derrière lui, un autre sans chemise qu'ils prirent pour cible. Tous deux bandèrent leurs arcs simultanément, mais en tirant, leurs bras se heurtèrent, et au lieu de frapper la poitrine, ils ne touchèrent que le bras de l'homme, qui tomba à l'eau en criant. L'autre se jeta également dans la rivière et se mit à hurler en langue wari' : « Vous avez touché un blanc ! C'est nous, les OroNao ! » Mais les guerriers avaient déjà pris leurs jambes à leur cou.

Plutôt que de suivre les autres, Jimon Pan Tokwe (qui faisait partie de l'expédition) prit la direction de Koxain où les blancs accrochaient leurs outils et où il avait des pieds de maïs. Il était en chemin lorsqu'un homme l'aborda. « Mon père, dit celui-ci, vous avez blessé l'un des nôtres ! » (Il voulait parler du blanc dans la pirogue.) Jimon finit par reconnaître son interlocuteur, qui était récemment venu se joindre à une fête auquel il avait lui aussi été invité. C'était l'un de ses parents, du sous-groupe OroMon, entré en contact avec les blancs un mois auparavant et qui accompagnait à présent leur expédition. « Mon père, ils sont venus jusqu'aux OroMon et nous nous sommes rapprochés des blancs ! Vous avez blessé Joaquim, un blanc. Celui qui ramait devant, c'est Xijan ! » Arrivèrent alors les autres Wari', ceux qui étaient restés isolés durant cinquante ans sur l'autre rive du Rio Pacaás Novos. « C'est nous », déclarèrent-il, mais personne ne les reconnut, car personne ne les avait jamais vus. Jimon demanda des nouvelles d'une tante qui, il le savait, était passée sur l'autre rive. « Elle est morte, répondirent-ils, mais tous ses neveux sont encore en vie. » Ils donnèrent à Jimon des haches et des couteaux et le suivirent jusqu'à Terem Matam, où vivait son groupe.

J'ouvre ici une parenthèse pour essayer de m'imaginer Jimon, que je connus déjà très âgé à Rio Negro, jeune et actif. C'était un homme de belle taille, mince, avec les cheveux courts. Il avait eu trois épouses, mais à l'époque où je fis sa connaissance, il était veuf et habitait une toute petite maison, à côté de celle de sa fille mariée. L'un de ses petits-fils, atteint de nanisme (on ne connait qu'un seul autre cas de nanisme chez les Wari', une jeune fille), vivait avec lui pour l'aider et lui tenir compagnie. Les hommes ne s'occupant jamais du feu pour la cuisine (c'est une tâche féminine), je vis très souvent Jimon rapporter une bonne quantité de poissons et les déposer à côté d'un four à bois, sans que personne propose de les cuire. Sans doute taraudé par la faim, il marchait de-ci, de-là, sans rien demander à personne, jusqu'à ce qu'une de ses petites-filles se résolve à l'aider. À l'époque de ce contact avec les blancs, ses épouses étaient encore en vie, et le feu était toujours bien allumé sous la marmite.

Xiemain, frère cadet de Paletó, celui qui avait survécu au massacre, était encore petit, et en voyant ces Wari' inconnus arriver, il fut convaincu qu'il s'agissait de non-indigènes et les traita d'ennemis. L'un de ces hommes expliqua à l'enfant : « Nous sommes wari'. Nous nous coupons les cheveux, c'est tout ! » Et l'un après l'autre, ils donnèrent leurs prénoms, prouvant bien qu'ils étaient des Wari'. Mais cela ne suffit pas à convaincre les autres, qui bandèrent leurs arcs : « Nous allons tuer les ennemis ! » Le groupe de Paletó approchait, prêt à les cribler de flèches. Les voyant, les nouveaux venus se mirent à crier : « Ne nous tuez pas, nous ne sommes pas des ennemis, nous sommes wari', nous sommes OroNao'. Les blancs sont venus à nous et nous à eux. Les OroMon aussi. Il ne reste plus que vous et les OroEo et les OroAt. »

Tous s'assirent alors et parlèrent de leurs parents communs. Les femmes apparurent et les hommes leur demandèrent de griller du poisson. Elles proposèrent aussi des noix du Brésil. Les nouveaux venus mangèrent, car ils avaient très faim, et confièrent qu'ils avaient eu peur des flèches des Wari'. Un homme OroMon raconta que ces nouveaux blancs étaient arrivés juste après qu'ils eurent rôti et mangé sa sœur aînée, tuée par un blanc de la région. Mais ces blancs-là, arrivés récemment et venus de loin, étaient différents des autres, car ils les traitaient comme des semblables, ou plutôt, ils faisaient des Wari' leurs parents, comme s'ils étaient leurs enfants.

Le beau-père de Paletó, Jamain To'u, continua d'interroger les nouveaux venus afin de s'assurer qu'il s'agissait de véritables Wari'. Le fait de parler la même langue ne suffisait pas. Dans le fond, avec leurs cheveux coupés court et leurs vêtements, accompagnés de blancs comme ils l'étaient, ils ressemblaient vraiment à des ennemis. Il leur demanda s'ils savaient chanter du tamara, et ils répondirent fièrement: « Nous n'avons pas des gorges qui ne servent à rien, ça non! » Paletó m'interpréta alors la chanson qu'ils entonnèrent, encore vivace dans sa mémoire. Tous les autres chantèrent aussi, avant d'aller dormir.

Le lendemain, les nouveaux venus les invitèrent à se rendre là où se trouvaient les blancs. « Allons voir les vrais blancs! Prenez courage! Ils nous disent que nous sommes des leurs. » Ils se mirent en route et rencontrèrent Saul, l'indien Kanoê. Celui-ci portait une carabine 22 Long Rifle, avec laquelle, Paletó en était convaincu, il allait tuer les siens. Les OroNao' de l'autre rive, qui connaissaient bien les blancs, les rassurèrent en leur expliquant que cette carabine ne servirait pas à les tuer, qu'ils n'avaient aucune raison d'avoir peur. Saul tira sur un sapajou et les Wari', pris de peur, coururent dans tous les sens. Ce bruit-là, dit Paletó, ils ne le connaissaient que trop bien. Ils chassèrent des oiseaux, des singes et mangèrent ensemble.

Quand tous arrivèrent à Koxain, les Wari' restèrent bouche bée. Tout était propre, défriché, sans la moindre broussaille. Et c'est alors qu'ils virent les blancs. Fernando Cruz, le père Roberto et Rui Figueiredo portaient tous les trois des lunettes. Tous les blancs portaient des lunettes. « Nous avons eu peur, dit Paletó, et nous nous sommes recroquevillés. » Fernando Cruz riait à gorge déployée. « Venez, venez », disait-il, à en croire les OroNao' de l'autre rive qui jouaient le rôle d'interprètes, car ils connaissaient déjà un peu la langue des blancs. Ils semblaient contents, ils tapotaient amicalement les bras des Wari' et leur offraient des haches. Au bout de quelques jours apparurent les épouses des OroNao' présents, qui jusqu'ici étaient restées sur le campement de Barracão Velho, plus en aval. Elles aidaient les groupes récemment approchés en cuisinant pour eux. Certaines d'entre elles, que je connus à Rio Negro, se marieraient plus tard avec des Wari' de la région. « N'ayez pas peur de moi, leur dit l'une d'elles, Kimoi, d'un ton provocateur. Je n'ai pas de mari. » Puis elle pointa du doigt l'un des jeunes hommes tout en riant : « Toi, tu seras mon mari ! » « J'ai déjà une épouse », répondit l'intéressé. « Si elle meurt, je me marie avec toi », rétorqua Kimoi.

13 SEXY

Je m'imagine parfaitement cette scène, des femmes provoquant des hommes, comme jadis elles retiraient la parure d'oreille des jeunes gens, la léchaient et la jetaient par terre pour leur signifier leur désir sexuel. Paletó m'a raconté que même les femmes hermaphrodites, qui parfois naissaient au sein de son peuple, dotée d'un petit pénis, faisaient des plaisanteries osées pour choquer les hommes. Quand des invités arrivaient à une fête, elles convainquaient les jeunes hommes de s'asseoir sur leurs genoux. Nues, elles frottaient leur pénis contre leurs fesses : les bonnes manières leur interdisant de se relever, ils restaient là, dans un trouble et un embarras infinis. Cela faisait beaucoup rire les femmes. Quand les blancs découvrirent qu'il existait de telles femmes parmi les Wari', ils firent passer ces personnes jadis éminemment sensuelles pour des erreurs de la nature, envoyant parfois des bébés à Guajará pour qu'ils soient opérés. Bien évidemment, les enfants ne survivaient pas, et les mères se mirent à les cacher aux yeux des blancs, veillant à ce qu'elles restent toujours vêtues. De nos jours encore, elles ne se déshabillent même pas pour se baigner et dissimulent leur androgynie sous des chemises trop grandes et un mutisme constant. Avant, elles se mariaient et adoptaient les enfants de leurs sœurs, qui devenaient aussi les leurs, menant une vie tout à fait normale. Aujourd'hui, elles restent toute leur vie célibataires, vêtues de la tête aux pieds et désexualisées.

Toujours au sujet de la sexualité, à la fin du séjour que je fis en compagnie d'Abrão et de Paletó à Ji-Paraná, dans l'État de Rondônia, et que je relaterai plus avant, Abrão écrivit pour moi un texte de trois pages en langue wari' que j'ai retrouvé en consultant mes carnets:

> ***Mon père et moi sommes partis pour Ji-Paraná. Mon père était heureux de faire la connaissance d'autres blancs. Le matin très tôt, nous prenions le café, à 10 heures, nous buvions du jus, à midi, nous mangions du riz, des haricots, du poulet et des feuilles. L'après-midi, nous mangions à nouveau. La nuit, nous regardions la télé.***

Le passage le plus intéressant se trouve à la dernière page, quand Abrão raconte que, après s'être réveillé tôt et avoir pris une douche, son père avait dit qu'en rêve il avait fait l'amour à une blanche, qui l'y avait invité ainsi: «Viens coucher avec moi, viens coucher avec moi!» «Nous avons alors raconté ce rêve à ma sœur aînée [moi], poursuit Abrão, et elle a beaucoup ri!» Le fait de parler librement de sexe est une caractéristique des Wari', ainsi que de beaucoup d'autres groupes indigènes, à en croire mes collègues anthropologues. Durant ses séjours à Rio de Janeiro, Paletó nous racontait fréquemment ses rêves, dont plusieurs étaient en partie sexuels, et qui impliquaient la plupart du temps son épouse To'o restée au village, mais qui à l'occasion mettaient en scène d'autres femmes wari'. Nous en riions beaucoup, tous les deux, tout particulièrement quand ces relations impliquaient des femmes étranges.

Le premier séjour à Rio de Janeiro d'Abrão et de Paletó, en décembre 1992, fut marqué par un épisode mémorable. À cette époque, il existait encore des vidéoclubs (avec des VHS !), et nous avions pris l'habitude de passer par l'un d'eux, tout près de chez moi, et d'y emprunter des films, parmi lesquels *La Guerre du feu*, ou un autre sur le cannibalisme en Nouvelle-Guinée dont j'ai oublié le titre, mais qui fit grande impression sur mes invités. Les jaquettes colorées des cassettes étaient exposées sur des présentoirs, par catégories. À l'occasion d'une de ces visites, Paletó, avant même son fils, s'intéressa au coin de la boutique où l'on pouvait voir des photos de femmes nues : il s'agissait des rayons pornographiques qui étaient, avant l'avènement d'Internet, l'un des rares endroits où l'on pouvait se procurer ce genre de films. J'essayai de dévier son attention, mais Paletó se saisit de plusieurs jaquettes, l'une après l'autre, pour me demander de lui traduire le résumé de tel ou tel film. Morte de honte (après tout, Paletó était pour moi un père), je m'exécutai, et l'un d'eux piqua particulièrement sa curiosité. C'était une parodie du film *Retour vers le futur*, encore relativement récent. Je louai le film, contrainte par l'insistance forcenée de Paletó, qui demanda à le regarder dès que nous fûmes rentrés chez moi. Il tint à ce que je reste auprès de lui pour lui traduire les dialogues, même s'il ne tarda pas à comprendre qu'il n'y en avait quasiment pas. Il fallut pourtant l'éclairer sur le scénario, extrêmement complexe.

Comme dans le film original, le protagoniste voyage dans le passé où il rencontre ses parents encore jeunes. Dans la version porno, en revanche, il a des relations sexuelles avec sa mère, jeune femme terriblement sexy, au cours d'une scène particulièrement longue. Horriblement gênée d'avoir à regarder avec mon père ces scènes de sexe explicite, et qui plus est incestueuses, il me fallut par-dessus le marché répondre aux nombreuses questions de Paletó. Il me demanda ainsi si ces femmes n'avaient pas honte de montrer leur anus, qu'il nomma le « chemin de pamonha ». En les voyant gémir et crier au moment de l'orgasme, il me demanda si elles allaient mourir, pour conclure à la fin de la séance qu'il avait pitié de toutes les personnes qu'il venait de voir, parce qu'elles ne savaient pas faire l'amour correctement. Quand je lui expliquai que le fait de danser nue était un travail qu'exerçaient certaines femmes, il me rétorqua : « Mais elles n'écrivent pas dans le journal, comme toi ? » Fort heureusement, il ne répéta pas l'expérience au cours de ses séjours suivants, peut-être simplement parce que les vidéoclubs disparurent peu après. Par ailleurs, je sais que, grâce aux accès Internet disponibles à Guajará-Mirim, les Wari' (tout spécialement les jeunes) sont en mesure de regarder autant de films pornographiques qu'ils le souhaitent.

Je fus sûrement plus choquée qu'eux par ce film. Les mythes wari', qu'ils considèrent comme des faits remontant à un passé lointain, et que l'on conte en famille (généralement, ce sont les grands-parents ou les parents qui s'en chargent), regorgent de scènes de sexe, entre humains ou avec des animaux qui se font passer pour des humains. Dans le mythe du peuple des urubus, par exemple, que Paletó me raconta plus d'une fois, un homme éjacule dans le vagin d'une femme alors qu'elle le lui avait interdit. À titre de châtiment, son pénis grandit au point qu'il ne peut plus marcher sans l'enrouler et le porter dans un panier, sur son dos. Quand le désir l'étreint, il pose son pénis par terre et celui-ci glisse le long des chemins, jusqu'à se nicher entre les jambes de la première femme venue qui, bien que terrifiée, ne le repousse pas. Dans un autre mythe, une vieille femme est assassinée et démembrée : il ne reste plus d'elle que son clitoris, qui se cache dans des coins divers et variés pour railler et provoquer ses assassins. Ma surprise fut grande lorsqu'un homme adulte choisit de raconter ce mythe en pleine messe de Noël, célébrée par l'évêque émérite dom Roberto, dans le village de Sagarana. Après avoir lu un passage des Évangiles où il était question des Rois mages et de l'Enfant Jésus, l'évêque demanda que l'un des Wari' présents (la messe leur était destinée) raconte une histoire des anciens qui ait un lien avec l'Évangile. Un homme monta sur l'autel et se mit à parler en wari', à voix basse, comme ils ont coutume de le faire, et j'eus du mal à en croire mes oreilles lorsque je compris quel mythe il avait choisi. Les autres Wari' qui assistaient à la messe n'étaient en rien choqués par ce choix. L'évêque, qui par chance ne comprenait pas bien la langue, ne sut pas de quoi il était question : il continua de sourire avec bienveillance durant tout le récit et, à la fin, remercia le conteur.

En plus de la liberté de leur imagination et de leur façon décomplexée de parler de sexe, la perception qu'avaient les Wari' de leur propre corps et de celui des autres ne cessait de m'enchanter. Un jour, durant mes premiers mois parmi eux, alors que j'approchais de la maison de Paletó, je le vis couché, complètement nu, ses filles penchées sur ses cuisses pour en retirer des tiques. Elles s'interrompirent aussitôt qu'elles m'aperçurent, et Paletó rentra chez lui pour enfiler un short. Vers la fin de sa vie, il n'éprouvait plus de honte vis-à-vis de moi, et plus d'une fois, je baissai moi-même son pantalon pour l'aider à uriner. En 2005, au cours de mon séjour à Sagarana avec Paletó et Abrão, j'écrivis dans mon carnet de terrain :

> ***J'aime cette façon qu'ont les Wari' de rendre public tout ce qui a trait au corps : ils pètent, ils rotent, ils se curent le nez au vu de tout le monde. Aujourd'hui, quand To'o est arrivée chez Luisa, elle a ri, a dit deux ou trois mots et s'est aussitôt mise à l'épouiller.***

L'épouillage est une forme de conversation qu'on engage sans demander la permission : la tête de l'autre est toujours à disposition. Au début, je souffris de ne pas avoir de poux, car quand quelqu'un commençait à me toucher la tête, il ne lui fallait qu'un instant pour ne plus y trouver le moindre intérêt. Un jour, une femme trouva enfin un parasite dans mes cheveux, et je pus donc participer en toute légitimité à cette conversation silencieuse, cette conversation du corps. J'ai deux superbes photos de mes enfants. Sur l'une d'elles, on voit Francisco, âgé de 14 ans, en tee-shirt bleu et pantalon, la tête posée sur un gros sac rempli de noix du Brésil, sur un plancher de paxiúba, un livre fermé entre les mains. Autour de sa tête se pressent sa grand-mère To'o, sa tante Ja et une fille, toutes trois fouillant attentivement ses cheveux à la recherche de poux. Francisco, les yeux mi-clos, affiche un sourire. Sur l'autre photo, on voit André, âgé d'environ 5 ans, vêtu d'un tee-shirt rayé multicolore et d'un pantalon rouge. Il a la tête posée sur les jambes d'une jeune femme, elle-même assise sur un plancher surélevé de paxiúba, en train d'inspecter sa chevelure. Il porte à sa bouche une grosse carambole jaune.

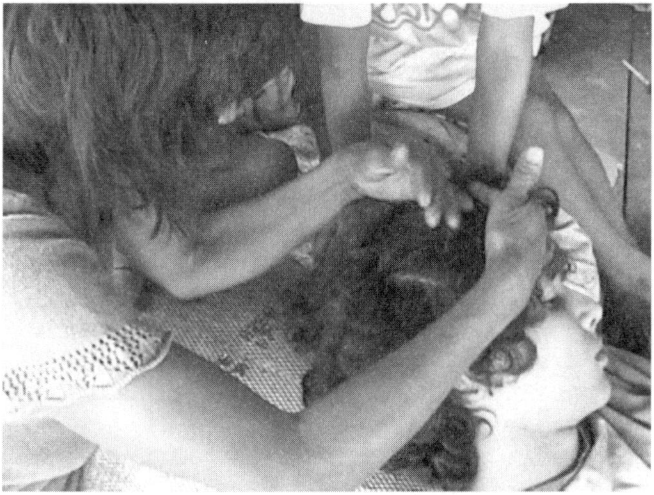

Ces souvenirs m'évoquent un autre instant de ma vie, complètement différent, des années plus tard, lorsque je pris conscience que l'accès à la tête des autres sans recours au langage était l'une des délicieuses particularités des Wari'. Je me trouvais dans un salon de massage de

Siem Reap, au Cambodge, qui portait le nom de « Lemon Grass » (citronnelle), où l'on nous servait une infusion de cette plante pendant que nous attendions notre tour. Les gens de ce pays, notamment ceux qui habitaient les régions montagneuses, me rappelaient les Wari', à cause de certaines caractéristiques physiques et de leurs maisons au toit de chaume. Bien des fois, je me surpris à penser à eux et à des mots de leur langue, comme s'ils auraient pu m'aider à me faire comprendre ici. Après avoir eu ma dose de massage plantaire, je choisis un massage du corps qui se passa aussi merveilleusement que les précédents, jusqu'à ce qu'on me pose en anglais une question qui me déconcerta : « Je peux toucher votre tête ? »

Oui, par pitié, oui.

14 L'ENTRETIEN AVEC L'ÉVÊQUE ET LES MALENTENDUS DU PREMIER CONTACT

En mars 1995, je fus invitée par le Conselho Indigenista Missionário (Conseil indigéniste missionnaire, dit « Cimi ») à organiser dans la ville de Ji-Paraná un colloque sur la relation des Wari' avec le christianisme, thème que j'avais commencé à étudier et dont j'étais curieuse de débattre avec les missionnaires religieux et laïques. Je refusai tout paiement, mais je demandai à venir avec deux invités, Paletó et Abrão, que j'allai chercher à Rio Negro.

Nous fîmes le trajet de cinq heures entre Guajará-Mirim et Ji-Paraná en pick-up et fûmes hébergés dans une grande maison, un peu à l'écart de la ville, dotée de nombreuses pièces, d'un vaste réfectoire et d'une salle de réunion tout aussi impressionnante où le colloque se déroula. On m'installa dans la chambre voisine de celle de Paletó et d'Abrão. Cette semaine renforça encore les liens qui nous unissaient, en particulier les nombreux encas et repas. L'abondance de nourriture les enchanta. Le texte qu'écrivit Abrão à l'issue de ce séjour, que j'ai mentionné plus haut, s'achève sur une remarque quant à l'importance de Paletó dans la connaissance des Wari' : « Seul notre père nous aide à connaître les histoires des anciens. C'est pour cela que ma sœur aînée sait. Si mon père n'existait pas, elle ne saurait pas. »

Parmi les divers missionnaires qui assistèrent au colloque se trouvait le père Roberto Arruda, déjà évêque (émérite, car à la retraite), qui avait joué un rôle important dans les premiers contacts des blancs avec les Wari'. C'était un homme grand et fort, grisonnant, avec une voix puissante malgré ses 70 ans, et cet accent de l'intérieur de l'État de São Paulo qui, en dépit des années, ne le quitta jamais. Il vouait une grande admiration aux Wari', au point que, dès le début de sa retraite, il se mit à vivre le plus clair de son temps dans le village de Sagarana, où il mourut et fut enterré. Les Wari' l'appelaient « notre grand-père ». Un soir, après le dîner, alors que nous étions encore assis à la longue table du réfectoire, je lui demandai la permission d'enregistrer son récit de l'expédition de premier contact à laquelle il avait pris part.

À nos côtés se trouvait Paletó, qui avait assisté aux événements relatés par dom Roberto. Tout comme lors de leur première rencontre, tous deux ne disposaient d'aucune langue commune pour se comprendre : je jouai les interprètes, résumant des parties du récit de dom Roberto à Paletó, qui à son tour donnait son point de vue sur les mêmes faits, que je traduisais alors à dom Roberto. Les malentendus de l'époque furent éclaircis jusque dans leurs plus petits détails, et trente ans plus tard, certains quiproquos amusèrent même les deux hommes.

Dom Roberto révéla qu'il n'avait eu connaissance de l'agression de Joaquim, le blanc qui se trouvait à bord de la pirogue, qu'à son retour au campement installé un peu en aval, après avoir sillonné un jour durant la zone avoisinante en quête des meilleurs lieux où laisser les présents destinés aux indiens. Cet événement eut lieu le 26 juin 1961, un mois après le départ de l'expédition de Guajará-Mirim. On lui raconta que lorsque Joaquim avait été touché, Xijan, l'autre passager de la pirogue, s'était levé d'un bond et s'était adressé en wari' aux guerriers. Ne comprenant rien à l'échange et croyant que les indigènes chassaient la queixada, les blancs du campement s'étaient saisis de leurs fusils afin de leur apporter leur concours. Les Wari' du groupe, en revanche, se déshabillèrent et se jetèrent à l'eau pour poursuivre les guerriers, criant des choses que les blancs ne comprirent pas plus. L'un de ces Wari' fut justement celui qui rencontra Jimon Pan Tokwe sur le chemin de Koxain et le suivit jusque chez lui, à Terem Matam. Il est probable qu'ils aient manqué dom Roberto de peu : plus ou moins au même moment, celui-ci quittait en effet Koxain où, à l'en croire, il avait laissé une petite marmite et une machette.

Toujours selon lui, il y avait à Koxain six maisons dont trois brûlées, probablement sciemment par des blancs. Comme les Wari' ne mentionnèrent jamais d'attaque en ce lieu, je suppose que ce sont eux qui les ont incendiées, suite à un décès ou à une maladie. Les trois autres maisons étaient en bon état, et dans l'une d'elles se trouvait un énorme tas de maïs, comme ont l'habitude de procéder les Wari' : c'était certainement cette réserve qui intéressait Jimon lorsqu'il rencontra l'un des membres de l'expédition.

Les blancs se rendirent à Koxain pour y rencontrer les habitants de Terem Matam accompagnés par les Wari' du campement missionnaire. D'emblée, Paletó remarqua que dom Roberto portait des lunettes, de même que deux autres blancs, lunettes qu'il qualifia de « yeux étranges ». Paletó raconta qu'ils s'assirent tous sur les planchers des maisons : selon les souvenirs de dom Roberto, ils prirent place sur des nattes autour d'un feu. Toujours d'après celui-ci, l'échange verbal fut difficile car Antônio Costa, qui connaissait les OroNao' de l'autre rive (en contact avec les blancs depuis cinq ans) et qui servait d'interprète en binôme avec un Wari' du nom de Wem Kanum, ne comprenait quasiment rien à ce que disaient les nouveaux Wari'.

Dans la longue série de malentendus qui s'ensuivit, dom Roberto, par l'intermédiaire des interprètes, demanda qu'on lui désigne les chefs des Wari' : il ignorait alors qu'ils n'avaient pas de chefs et que la notion même de hiérarchie leur était complètement étrangère. Trois hommes se détachèrent alors des autres : Paletó, son beau-père Jamain To'u et Wem Tawinain. Ils offrirent des arcs et des flèches aux blancs, ce qui pour dom Roberto constituait un message de paix, mais n'était aux yeux de Paletó que de simples cadeaux. Pendant l'enregistrement de ces souvenirs, dans le réfectoire de Ji-Paraná, dom Roberto fut surpris d'apprendre que Paletó était l'un des trois hommes à s'être désignés comme principaux interlocuteurs. Pour ma part, connaissant l'immense curiosité de Paletó, je trouvai la chose tout à fait naturelle.

J'ai quelques photos de cet instant, trouvées dans les archives du diocèse de Guajará. Elles ont à présent une cinquantaine d'années : Paletó devait avoir plus ou moins 30 ans. Il avait déjà perdu son père, son épouse et sa fille, tous trois assassinés, et il vivait à présent avec To'o et leur fille encore en bas âge, Orowao Karaxu. Sur l'une de ces photos, à gauche, on voit Fernando Cruz avec ses lunettes, vêtu à la mode des années 1950, ceinture et chemise à manches courtes, bien boutonnée et rentrée dans le pantalon, coupe de cheveux très courte, quasi militaire, en train de recevoir arc et flèches des mains de Jamain To'u qui, nu, porte au cou un collier fantaisie avec de grosses perles. À côté de lui, face à l'objectif, se dresse Paletó, avec la coupe traditionnelle des hommes wari', les cheveux mi-longs et la raie au milieu, le regard concentré, un arc et des flèches à la main lui aussi. À sa droite, partiellement dissimulé par Fernando Cruz, se trouve un autre homme, probablement Wem Tawinain, portant également des armes qu'il s'apprête à offrir. Sur deux autres photos, les mêmes hommes sont aux côtés du père Roberto, avec ses lunettes et une soutane blanche qui lui tombe aux chevilles, et d'un autre blanc, plus jeune, que nous n'avons pu identifier. Sur l'une de ces deux photos, le père Roberto sourit les yeux en l'air, tandis que Paletó et Jamain To'u bandent leurs arcs vers le ciel. Paletó, le visage en partie caché par le bras qui tient l'arc, sourit également.

C'est sans doute parce que les blancs prirent Jamain To'u pour le chef des Wari' qu'ils lui offrirent ce collier fantaisie qu'il porta certainement par correction, à l'instar d'autres hommes que l'on voit sur une photo, à la queue leu leu, avec la forêt en arrière-plan et pour seul vêtement des colliers similaires. Et à en croire dom Roberto, ce ne fut pas le seul présent qu'ils offrirent à Jamain To'u : ils lui donnèrent également une bonne partie des outils et des ustensiles en métal afin qu'ils les distribuent à tout son peuple. Selon Paletó, Jamain To'u tira largement parti de cette méprise : comme il portait un panier, il emporta bien plus d'objets que les autres.

Au cours de mon enregistrement sonore, alors que les interventions de Paletó concernaient principalement les noms des personnes présentes, l'aspect étrange des blancs et la quantité de nourriture qu'ils reçurent, dom Roberto s'épancha quant à lui sur la préparation désastreuse de l'expédition : il révéla ainsi qu'ils avaient emporté un stock de médicaments correspondant à une population indigène de 300 individus, mais que, sur le terrain, ils en avaient rencontré autour de 3 000. Dès les premiers jours de la mission, des hommes du SPI rejoignirent le groupe, parmi lesquels le fameux explorateur Francisco Meireles. C'est à partir de ce moment que se déclarèrent les premières épidémies, que dom Roberto imputa à cette visite, bien qu'aucun examen médical n'avait permis de confirmer cette hypothèse. L'homme qui rencontra Jimon Pan Tokwe sur le chemin de Koxain, un certain Orowao Powa engagé un mois auparavant, était malade et affaibli, et dut très vite quitter le groupe.

Dès le début des épidémies, dom Roberto se rendit à Guajará-Mirim pour y trouver plus de médicaments et les rapporter aux Wari' : nous étions alors à la fin du mois de juin 1961. Faute de fonds nécessaires, les missionnaires ne purent rien acheter. Ce ne fut qu'après avoir surmonté de nombreux obstacles, qu'ils reçurent des caisses de médicaments envoyées par l'évêque dom Rey – ce dernier s'était rendu jusqu'à São Paulo avec ce seul objectif. Ils se préparaient à remonter la rivière pour rejoindre les Wari' quand Fernando Cruz, alors à

Brasília, leur demanda de l'attendre. Selon dom Roberto, à son arrivée à Guajará, Fernando Cruz se rendit directement à la fête annuelle d'une ville bolivienne voisine, Guayaramerín, le 6 août, et ne reparut à Guajará pour embarquer que le 8, encore soûl. Durant tout ce temps, les maladies ne cessèrent de se propager. Toujours selon dom Roberto, ce fut ce même Fernando Cruz qui, après le premier contact, décida d'emmener un groupe de personnes, des hommes et des femmes wari', dans les zones d'exploitation de l'hévéa, dans le cours supérieur du Rio Pacaás Novos, afin de prouver aux seringueiros que les indigènes avaient été pacifiés. Il profita ainsi de la beuverie que lui avait promis Manoel Lucindo, gros exploitant d'hévéa et l'un des principaux commanditaires des massacres de Wari'.

Paletó faisait partie de ce groupe, et lorsqu'il me raconta cet événement des années après notre séjour à Ji-Paraná, il se rappela que, alors qu'ils remontaient la rivière, Fernado Cruz expliquait à tous les seringueiros qu'ils croisaient (manifestant une terreur certaine à l'égard des Wari') qu'ils étaient à présent de leur côté et qu'ils ne s'en prendraient plus à eux. Les femmes des seringueiros se cachaient, et Fernando Cruz leur répétait qu'elles n'avaient rien à craindre. Quand l'ambiance était à la fête, les seringueiros demandaient aux Wari' de les peindre, leurs femmes et eux, avec du roucou. Certains hommes wari' restèrent sur les exploitations et travaillèrent pour les blancs, ne retrouvant leur famille que bien des années plus tard. Parmi eux se trouvait Awo Kamip, neveu de Paletó. Ayant appris le portugais au contact des seringueiros, il servit d'interprète aux missionnaires du Rio Negro, ce qui l'amena à ensuite devenir pasteur.

Ce n'était cependant pas la première incursion de prêtres en territoire wari'. En novembre 1950, malgré l'avis contraire de l'évêque dom Rey, un bénédictin du nom de Mauro Wirth remonta le Rio Ouro Preto (affluent de la rive droite du Rio Pacaás Novos) à la recherche de ces indiens déjà connus pour leur isolement, bien décidé à « les faire rejoindre le troupeau de Dieu ». On n'entendit plus parler de lui pendant un an, jusqu'à ce qu'une expédition parte à sa recherche et retrouve des lambeaux de sa soutane, ainsi que divers cadeaux qu'il avait emportés pour les indiens, tous intacts dans un sac de cuir noir. Les Wari' se souvenaient parfaitement de ce prêtre qui, selon eux, n'avait pas toute sa tête. Avec ses vêtements longs et ses lunettes, il s'était assis tout seul dans une maison wari' laissée vacante et s'était mis à crier pour attirer l'attention des autochtones, avant de se mettre à jouer d'un petit harmonica. Ils l'observèrent un moment avant de décider de le transpercer de flèches. « On pensait qu'il allait nous prendre nos femmes », me dit un Wari'.

15 LES ÉPIDÉMIES

Les épidémies qui succédèrent aux premiers contacts autour du Rio Negro furent une catastrophe : si on y ajoute les massacres qui les précédèrent, environ deux tiers de la population wari' fut anéantie. Furent tout particulièrement touchés celles et ceux qui, fuyant les blancs, ne reçurent pas de traitement immédiat.

Paletó raconta qu'au lendemain du premier contact beaucoup d'entre eux toussaient déjà. L'un après l'autre, ils se retrouvèrent cloués chez eux, étendus sur leurs planchers, terrassés par la maladie. Arriva alors un homme OroNao', issu du groupe approché cinq ans auparavant, qui leur dit de le suivre afin que les blancs leur fassent des injections. Tous obéirent, les hommes, leurs épouses et leurs enfants. Il fallut porter les plus malades durant tout le trajet. On voulut faire de même avec Paletó, à cause de sa toux particulièrement insistante, mais il préféra continuer de marcher sans aide. Selon lui, beaucoup parmi eux étaient très en colère contre les blanc, et se souvenaient de tous les membres de leur famille qu'ils avaient massacrés.

Ils marchèrent et marchèrent encore, jusqu'à parvenir à un autre campement de blancs où se trouvait Antônio Costa, le fonctionnaire du SPI qui, selon dom Roberto, tenait parfois le rôle d'interprète. Il apporta seringues et aiguilles, et les Wari', à la vue de ces objets, prirent aussitôt la fuite. « On ne veut pas de ces épines ! », disaient-ils. L'un des OroNao', Wem Kanum, présenta son bras afin de montrer aux nouveaux arrivants que l'épine du blanc n'était pas mortelle. Le fait de le voir subir une injection sans souffrance suffit à les rassurer. On donna du sirop à Paletó et à celles et ceux qui toussaient. Les blancs passèrent la nuit à soigner les malades.

Un homme du nom de Maxun Taparape décida cependant de ne pas suivre le groupe de Paletó et, de Koxain, remonta le cours de la rivière jusqu'aux terres des OroEo et des OroAt, afin de les prévenir de tout ce qui était en train de se passer. Il y avait là-bas également un grand nombre d'OroNao' qui avaient fui les blancs, comme Paletó jadis. Maxun Taparape décida de leur faire une blague qui n'eut pas l'effet escompté. Quand ils le virent arriver, ils s'exclamèrent : « Voici notre grand-père ! » Lui, brandissant une machette, rétorqua : « On est devenus blancs, on est devenus blancs ! » Terrifiés, beaucoup s'enfuirent, les OroEo pensèrent même qu'il s'agissait du spectre d'un blanc qu'ils avaient tué par le passé. Certains, quoique peu rassurés, persistaient à croire qu'il s'agissait du grand-père qu'il connaissait, et celui-ci finit par leur expliquer qu'en vérité les blancs les invitaient à venir les voir. Ils le suivirent alors jusqu'à Koxain pour prendre divers outils et objets, mais retournèrent aussitôt après sur leurs terres.

Tous moururent, certains en chemin, d'autres dans leurs maisons, d'autres encore dans la forêt. « Il n'est pas resté beaucoup d'OroEo, conclut Paletó, tout ça à cause de cet imbécile de Maxun Taparape, qui n'a rien expliqué comme il fallait, qui a préféré plaisanter quand il aurait fallu parler sérieusement. »

Tous les Wari' se souviennent des quintes de toux et des gémissements des malades, extrêmement amaigris parce qu'ils n'avaient pas eu le temps de semer dans leur roça et qu'ils étaient bien trop faibles pour chasser. Ils passaient d'un lieu à un autre pour tenter d'échapper à la maladie et mouraient en chemin. Orowao Kun, gendre de Paletó, me dit qu'encore tout jeune il dut porter sa mère durant l'un de ces trajets : elle succomba, et il dut l'abandonner aux urubus, horrifié. Les Wari' ne pouvaient plus ni manger leurs morts ni même les brûler, les survivants étaient bien trop maigres et fragiles pour le faire. To'o, l'épouse de Paletó, tomba gravement malade et faillit mourir. « Je ne sais pas comment nous avons fait pour survivre », déclara Paletó, qui récupéra rapidement (« Je ne sais pas mourir », ainsi qu'il me le dit). Il se joignit au groupe d'hommes qui partit pour les terres des OroEo, dans la région de Kit (connue pour ses haches de pierre), afin de leur apporter des médicaments.

Selon dom Roberto, nombreux furent ceux qui se lancèrent dans cette expédition (dont il fit lui-même partie). En chemin, ils s'arrêtèrent à Hwijimain Xitot, où Paletó avait habité, et administrèrent des injections à 20 personnes. Paletó me conta qu'aux abords de Kit tous se déshabillèrent, à l'exception du père Roberto, de

Fernando Cruz, de Rui Figueiredo et d'un assistant du nom d'Assis. Même José Grande, le cuisinier, se dénuda totalement. Le chemin était jonché de cadavres. Arrivés au port des OroEo, ils trouvèrent ceux-ci considérablement amaigris. « Ils n'avaient plus de corps, les OroEo ! » Quand Antônio Costa prépara une seringue, ils réagirent comme les autres Wari', refusant tout net cette terrible épine. Cette fois Hwerein Pe e', le neveu de Paletó, se dévoua pour la première injection, afin de tranquilliser les OroEo.

Dom Roberto se souvenait que beaucoup de maisons à Kit avaient été incendiées (à cause des morts, je suppose) et qu'il y avait très peu d'eau, qu'il faisait bouillir avant de la donner à boire. Les malades éparpillés dans les alentours furent portés par les autres Wari' jusqu'à Kit, afin d'être soignés. Les principaux symptômes étaient la diarrhée, la toux et la fièvre. Quand Hwerein Pe e' demanda à dom Roberto quelque chose pour soulager les douleurs des malades, celui-ci eut l'idée de recourir à des massages au camphre. Dom Roberto se souvint notamment d'une femme très malade, et Paletó précisa, aussitôt après avoir entendu ma traduction, qu'il s'agissait de la mère d'A'ain Xit (qui habite à présent au bord du Rio Negro) et que le camphre avait effectivement amélioré son état. Paletó reproduisit sa respiration rauque et saccadée.

Lorsque nous nous rendîmes à Kit en 2002, à l'endroit précis où nous campâmes, nous trouvâmes près de l'eau d'anciens flacons de médicaments en verre bleu épais, éparpillés par terre. Selon toute probabilité, personne n'était retourné là entre ces deux expéditions. Les hommes OroEo nous permirent d'identifier ces objets, avant de préciser que c'était justement ici que les malades avaient été soignés. De l'aveu de dom Roberto, la réaction pourtant rapide à la streptomycine ne suffit pas à enrayer cette vague épidémique dévastatrice.

À ce jour, je me trouve encore incapable de saisir la pleine étendue de l'horreur vécue par les Wari', même face aux photographies des malades d'une maigreur cadavérique, semblables à celles, bien plus connues, du Biafra à la fin des années 1960, ou de l'Éthiopie dans les années 1980.

Parmi les plus choquantes, je retiendrai cette série qui saisit les derniers stades de la maladie chez une enfant, sa mort, puis la découpe de son corps en morceaux posés sur le moquém funéraire. L'enfant était aussi squelettique que les personnes qui la pleuraient et la tenaient dans leurs bras. Ces photos réalisées par un reporter envoyé par le magazine *O Cruzeiro* pour attester l'existence du cannibalisme ne furent finalement pas publiées, grâce à l'intervention d'un groupe d'anthropologues qui craignaient que la population locale non indigène s'en prenne aux indiens déjà considérablement diminués.

J'ignore par qui furent conservés ces clichés, mais ils me furent étonnamment transmis en décembre 1987. Après avoir donné une conférence sur le cannibalisme funéraire wari' à Belém, je fus abordée par un photographe qui proposa de me les confier. De retour à Rio de Janeiro, je fus sidérée de recevoir des mains d'un livreur une série de négatifs que je développai moi-même dans mon labo, à Santa Teresa. Je passai plusieurs nuits sans dormir, pas à cause de ce qu'elles donnaient à voir du cannibalisme des Wari', mais à cause de ces visages décharnés, de ces yeux énormes, exorbités, de ces corps anguleux, presque réduits à l'état de squelettes. Ils surgissaient sous la lumière rouge, dans le liquide révélateur, chez moi.

16 GUAJARÁ-MIRIM, BRÉSIL

« On va couler, on va couler ! », pensa Paletó lorsqu'il monta pour la première fois à bord d'un grand bateau. Après leur visite sur les sites d'exploitation de l'hévéa, un groupe d'hommes wari' conduits par Fernando Cruz descendit le Rio Pacaás Novos dans une grande embarcation, jusqu'à la confluence du Rio Mamoré, pour arriver à Guajará-Mirim. D'après les souvenirs de dom Roberto, c'était début octobre. Fernando Cruz voulait montrer les indiens aux blancs de la ville et recevoir les lauriers de la pacification. Comme dom Roberto était resté à Barracão, près du Rio Negro, pour s'occuper des malades, Fernando Cruz dut aussitôt s'entretenir avec l'évêque, dom Rey, afin de lui expliquer où se trouvait le prêtre. Gilberto Gama, un autre homme du SPI, l'accompagna, mais il eut un différend avec l'évêque au sujet de rumeurs selon lesquelles il avait eu des relations sexuelles avec des indiennes. La police intervint et Gilberto fut muté dans une autre région.

D'après Paletó, ils restèrent de nombreux jours à Guajará. Dès leur arrivée, on leur acheta des habits afin qu'ils puissent être présentés à des blancs. « Nous n'avions aucun vêtement, ils ne regardaient que nos pénis ! » On leur demandait comment ils s'y prenaient pour tirer à l'arc, et les Wari' répondaient en visant les arbres. Fernando ne tarda pas à les faire venir à la caserne, et Paletó se souvint en riant qu'à l'époque, ne connaissant ni le pain ni le beurre, ils crurent avoir affaire à de la nourriture pourrie et refusèrent d'en manger.

Comment s'imaginer la découverte de cette ville par des personnes n'ayant jamais quitté la forêt ? Non pas qu'elle fût grande en 1961 – elle reste d'ailleurs toujours assez modeste, avec quelque 47 000 habitants. À cette époque, la ville, dont les quartiers périphériques se sont considérablement étendus depuis, était concentrée sur la rive du Rio Mamoré. On voit encore les maisons construites face au port dans les années 1920, quand ce qui était alors une simple bourgade accéda au statut de ville. L'une de ces maisons en front de rivière, de construction plus tardive, abritait jusqu'à une date récente le siège local de la Funai. Face à une place au milieu de laquelle se dresse un kiosque, on trouve le diocèse de la ville, autrefois appelé prélature, où vivaient l'évêque dom Rey et le père Roberto, et que Paletó et ses compagnons visitèrent à cette occasion. La caserne, mentionnée également par Paletó, est située un peu à l'écart du centre historique.

Le long de la rivière, on peut observer les vestiges de la célèbre ligne ferroviaire Madeira-Mamoré (inaugurée en 1912 et désaffectée en 1972). La majeure partie des rails qui menaient jusqu'à Porto Velho fut recouverte d'asphalte, constituant ainsi l'autoroute qui relie à présent les deux villes. Chaque fois que je fais ce trajet en car, dans les cahots des nombreux nids-de-poule, c'est avec une profonde douleur que je contemple ces bouts de rail apparents et ces ponts de fer étroits dont la construction coûta tant de vies humaines.

Dans les années 1980, à l'époque de mes tout premiers séjours, une partie de la route était encore en terre : quand il pleuvait, certains tronçons étaient si gorgés d'eau que l'autocar du trajet aller devait attendre celui du trajet retour, afin que les passagers passent de l'un à l'autre en portant eux-mêmes leurs bagages. Les deux véhicules faisaient alors demi-tour et retournaient d'où ils étaient venus. L'ancienne gare fut reconvertie en musée de la ville. Deux vieilles locomotives sont exhibées à l'extérieur.

La construction de la ligne de chemin de fer eut un gros impact sur la vie des Wari' : à certains endroits, elle passait en effet tout près du territoire du sous-groupe OroWaram, à la confluence du Rio da Laje et du Rio Madeira. Avec le train, un grand nombre de personnes affluèrent, principalement des seringueiros qui pénétraient sur les terres des Wari' et les assassinaient. À en croire dom Roberto, les Wari' parvinrent à détruire une partie des installations, raison pour laquelle certaines portions de la ligne furent électrifiées. Bien que je n'aie jamais eu vent de Wari' ayant mis les pieds dans cette ville avant les premiers contacts pacifiques, j'ai appris que plusieurs expéditions avaient été organisées afin de tirer à l'arc sur le train, corps étrange d'où sortaient les blancs, qui à leur tour devenaient la cible de leurs flèches. L'un de mes amis wari', aujourd'hui décédé, reçut le nom de « Delegado » (« chef de la police », « commissaire », en portugais du Brésil) après avoir touché le chef de la police de Guajará-Mirim alors que celui-ci pédalait le long du chemin de fer.

La tension qui régnait à l'époque et l'animosité des blancs à l'égard des Wari' est parfaitement exprimée dans un article paru dans l'édition du 8 janvier 1961 du journal local, *O Imparcial*, soit avant le premier contact avec les OroWaram et leurs voisins, et *a fortiori* avec les Wari' du Rio Negro :

> ***Dernièrement (il y a environ deux mois), il semblerait que les indigènes de cette région souffrent d'un accès d'hydrophobie. Ils attaquent avec une hardiesse et une témérité***

éhontée. Ce comportement est des plus surprenants quand on considère que le sauvage se montre d'instinct craintif et prudent vis-à-vis des « blancs ». Sa fureur sanguinaire est celle du tigre acculé qui attaque sans objectif, exclusivement mû par un réflexe de défense naturel, cette chose même qui constitue le système égocentrique, force sublime transmise à l'instinct animal au profit de la conservation du souffle de vie. Ils sont humains, même si c'est en tant que produits d'un milieu différent, et même si nous les considérons comme une espèce de création hybride.

Dans l'édition précédente, datée du 1er janvier 1961, on peut aussi lire :

Il nous faut des actes, vigoureux et nombreux. Les entrevues larmoyantes ne garantissent ni la vie ni la santé de ceux qui peinent dans nos brousses, en quête d'un moyen de subsistance. Il nous faut les protéger de fait contre cette horde d'assassins de sang-froid qui infestent la forêt, protégés par des lois absurdes qui empêchent le plein développement de régions telles que la nôtre.

Bien que Paletó vécût très loin de là et n'eût participé ni aux attaques de train ni à celles menées dans les environs de Guajará, on l'emmena dans cette ville afin de convaincre les blancs qu'à présent les indiens étaient « bien gentils ».

Après ce séjour citadin, le groupe de Paletó monta à nouveau sur un grand bateau qui prit la direction de l'amont du Rio Negro où se trouvait le lieu-dit « Barracão

Velho », siège du SPI. Là se trouvaient les malades en cours de traitement et tous les autres. Les membres de son groupe n'avaient plus revu leurs femmes depuis longtemps, remarqua Paletó (cette expédition était en effet exclusivement masculine). « J'ai retrouvé ta mère », me dit-il, se référant à son épouse To'o. Celle-ci était totalement guérie. Ils allèrent aménager une roça à Mana Arup. Le prêtre, dit Paletó en parlant de dom Roberto, disparut alors : « Et aucun de ces prêtres n'est plus jamais revenu ! »

Dom Roberto acquiesça en précisant que le directeur du SPI avait déclaré qu'il ne voulait plus revoir un seul prêtre dans le coin, ce qui ne l'empêcha pas de continuer à se rendre dans les régions les plus proches de la ville dès qu'on l'appelait pour soigner des malades.

Au cours de ce trajet, certains Wari' s'arrêtèrent avant la destination finale, à Tanajura, sur la rive gauche du Rio Pacaás Novos, où vivaient les Wari' qui étaient longtemps restés isolés, et avec qui des missionnaires évangéliques étaient entrés en contact cinq ans auparavant.

Wan e', mon premier père, fut l'un de ceux-là. Ma mère, Orowao Xik Waje, et deux de ses enfants, Jamain et Maxun Hat (celui qui s'était brisé une côte pendant un match de football et répétait qu'il allait mourir), le rejoignirent ensuite. Les enfants étaient encore petits et, à l'instar des autres, ils furent immédiatement catéchisés par les missionnaires évangéliques qui vivaient là-bas. Une fois, Paletó me raconta que les gens du Rio Negro ne se convertirent véritablement que lorsque Jamain et Maxun Hat, déjà jeunes hommes, leur rendirent visite et leur parlèrent du Dieu que les missionnaires leur avaient présenté. « D'où est venue cette adhésion à la foi chrétienne, chez vous ? », demandai-je. Paletó répondit laconiquement : « De Jamain et de Maxun Hat. »

17 LA RENCONTRE AVEC LES MISSIONNAIRES

Quelques mois seulement après le premier contact, après le séjour de certains à Guajará et le retour à Koxain, les Wari' de la région du Rio Negro firent la connaissance de Royal Taylor, l'un des missionnaires nord-américains de la New Tribes Mission. Il collaborait avec l'équipe de missionnaires qui avait établi le premier contact avec les Wari' de l'autre rive du Rio Pacaás Novos et ceux de la région du Rio da Laje, un mois avant que les prêtres catholiques nouent des liens avec ceux du Rio Negro. Sachant que ceux-ci connaissaient déjà les blancs, et que le père Roberto et son équipe s'étaient repliés sur Guajará, les missionnaires protestants s'étaient empressés de s'établir à proximité.

Royal, que je connus déjà âgé en 1994, était encore jeune à l'époque, d'une grande vigueur physique, selon le témoignage de Paletó. Comme il connaissait un peu la langue wari', il se mit à prêcher auprès de celles et ceux qui étaient récemment arrivés à Koxain : « Dieu est bon, c'est lui qui a créé les Wari'. » La nuit, il les réunissait sous ce que Paletó décrivit comme une grande moustiquaire et il prêchait la bonne parole. « Son épouse, Joanna, savait écrire notre langue », déclara Paletó, qui se souvenait également des sermons de Royal :

> ***Dieu a créé les grenouilles, il a créé les canards, il a créé tous les animaux, tous les poissons, l'eau, la pluie, le soleil, la lune, les étoiles, les nuages, il nous a créés nous aussi, et notre grand-père Adam. C'est pour cela que nous existons. Il a également créé tous les blancs. Je viens de très loin, Dieu m'a envoyé ici pour les empêcher de vous tuer, mes frères.***

Paletó me dit que les Wari' trouvaient très étranges toutes ces histoires sur la création des choses et qu'ils se regardaient les uns les autres d'un air perplexe en se demandant : ça rime à quoi, tout ça ? « Il y en avait qui écoutaient, et d'autres qui riaient. Il chantait une chanson qui faisait comme ça : "Nous allons au ciel, nous allons au ciel, le ciel véritable du Seigneur." » Royal leur dit également que Jésus était venu, qu'on ne l'avait pas aimé, qu'on l'avait tué et qu'il avait ressuscité.

Kimoi, une femme wari', trouva cela particulièrement curieux : « Le blanc dit qu'il est mort et qu'il est revenu à la vie ! » « Alors c'est pour ça qu'il boite ! », conclurent-ils. C'était un mort ! La nouvelle se répandit parmi les Wari', mais le quiproquo fut vite éclairci par un homme que Royal avait emmené à Manaus où il avait été instruit dans la foi chrétienne. « Celui qui a ressuscité, c'est Jésus, pas Royal », expliqua-t-il. De son propre aveu, Paletó entendit tout cela sans rien dire. Pendant très longtemps, il ne voulut pas se convertir.

D'après ses souvenirs, Royal partit pour Guajará et fut remplacé, à Barracão Velho, par Leroy, lui aussi nord-américain, qui poursuivit sa prédication, sans que les Wari' comprennent où il voulait en venir. « Va savoir », se disaient-ils entre eux. L'épouse de Leroy et leur fille avaient trouvé la mort dans un accident d'avion à destination de Manaus, et il s'était remarié depuis. Selon Paletó, la missionnaire Barbara Kern habitait déjà dans la région. Encore très jeune, elle se maria avec un autre missionnaire d'origine allemande, Manfred. Tous deux vécurent durant trente ans, presque sans interruption, parmi les Wari'.

Barbara fut l'une des principales traductrices de la Bible en langue wari'. Je fis sa connaissance, ainsi que celle de son mari, dès mon premier séjour en 1986, et sa gentillesse me toucha profondément. Une fois, notre bateau tomba en panne non loin de Tanajura alors que nous cherchions à nous rendre à Santo André, et Barbara nous hébergea chez elle, Beth et moi. Le lendemain matin, elle nous servit des cookies au petit-déjeuner, un véritable miracle au beau milieu de la forêt amazonienne.

Quelques années plus tard, à l'occasion d'un court séjour à Tanajura, je dus parcourir le chemin qui reliait le village à la maison de Barbara, quinze minutes au pas de course, en portant Francisco qui n'avait alors qu'un an et qu'une grosse fièvre plongeait dans une apathie inquiétante. Il ne restait plus une embarcation disponible au poste de la Funai où nous vivions, et je savais qu'il fallait l'emmener en ville le plus vite possible. J'arrivai chez Barbara hors d'haleine et m'effondrai aussitôt en sanglots : elle m'apaisa et me servit un verre d'eau sucrée. En moins d'une demi-heure, un bateau fut mis à notre disposition, et j'appris à Guajará que Francisco souffrait d'une grosse infection urinaire dont un traitement antibiotique vint rapidement à bout. Même si je ne peux cautionner leur travail prosélyte qui, de mon point de vue, finit de ruiner le fondement même la culture wari', je serai à jamais reconnaissante envers ces missionnaires pour l'aide qu'ils m'apportèrent alors. Grâce à eux, et à d'autres amis que j'ai connus à Guajará, j'ai appris que, dans ces régions reculées, la solidarité peut transcender les divergences idéologiques.

En évoquant cette époque, Paletó parla longuement de Barbara, soulignant qu'elle avait mis au monde ses enfants au village. Ce fut pour lui une grande surprise de constater un jour que l'aîné, Jonathan, qu'il avait connu bébé, avait déjà des cheveux blancs. Paletó a toujours énormément apprécié Barbara, et je me souviens de la chaleureuse conversation qu'ils eurent via Skype, lui chez moi, à Rio, et elle en Allemagne.

18 SUR LES TERRES DES PRÊTRES

Après quatre ans passés à Barracão Velho, siège du SPI en amont du Rio Negro, en compagnie de Royal et d'autres missionnaires protestants, Paletó et sa famille furent conviés à s'installer à Sagarana, colonie agricole fondée par la prélature de Guajará-Mirim en 1965, où vivaient déjà de nombreux Wari' issus des sous-groupes OroMon, OroWaram et OroWaramXijein, ainsi que des indiens d'autres ethnies, Makurap, Kanoê et d'autres encore. Sagarana se trouvait hors du territoire traditionnel des Wari', à la confluence du Rio Mamoré et du Rio Guaporé, et avait été dotée d'une fondation catholique afin de soigner les malades des villages alentour.

La construction du siège de la mission de Sagarana fut à l'origine supervisée par le père Roberto Arruda, mais à cause de l'état de santé de l'évêque dom Rey, il dirigea la prélature dès 1965 et fut nommé évêque l'année suivante. La gestion de la mission échut à un certain Bendoraites, un Lituanien qui se présentait comme prêtre et médecin, et qui s'impliquait énormément dans la prise en charge des Wari' malades. On imposait à ceux-ci des horaires de travail très stricts, ainsi que des règles d'hygiène draconiennes. En outre, il leur était interdit d'organiser des fêtes, et même de chanter leurs chansons traditionnelles.

Le père Bendoraites ne se rendait à Sagarana que sporadiquement, laissant l'organisation du quotidien à un jeune Bolivien du nom d'Antenor, qui avait recours à des méthodes pour le moins brutales. Il menaçait les indiens avec des armes, fit construire une cellule où il enfermait ceux qui commettaient des infractions (comme des vols de poules, par exemple), et passait littéralement les chaînes aux femmes qui avaient pratiqué des avortements, ainsi que me le révélèrent les Wari'. Un jour, alors que nous parlions de tout cela, un homme se souvint d'une épouse et de ses enfants chantant la mélodie funéraire pour leur époux et père enfermé dans la cellule souterraine. Au fond de son cul-de-basse-fosse, le prisonnier leur disait qu'il allait mourir, sur le même air bien connu des Wari'. Certains tentaient de s'enfuir, mais ils étaient pourchassés par Antenor et finissaient toujours par revenir, ne serait-ce que parce que la région leur était inconnue et qu'ils ignoraient où se cacher. En somme, c'était une sorte de mission du XVIe siècle en plein XXe siècle. Rien de surprenant à ce que les personnes qui y vécurent à l'époque contestent l'image qu'en donnait la prélature, celle d'un lieu censé veiller à la santé des indigènes : se retrouver à Sagarana était pour eux un châtiment, cet endroit était une prison d'où ils ne pouvaient s'évader. Il n'y avait même pas de catéchèse à proprement parler.

Antenor et le prêtre ne parlaient pas la langue wari', ce qui n'empêchait pas les messes, que Paletó décrivit ainsi :

> ***Ils nous donnaient un bout de pamonha [l'hostie] qui disparaissait quand on la mettait dans notre bouche. Il y avait aussi une boisson vraiment alcoolisée [pour le prêtre], on allumait beaucoup de lumières, on s'agenouillait. On s'asseyait et on chantait aussi, à Sagarana. Je ne comprenais rien aux chansons. Je restais là, les yeux fermés. Et après ça, amen.***

Bendoraites, qui, comme on le découvrit plus tard, n'était ni médecin ni prêtre, profitait de ses visites pour réaliser ses fantasmes homosexuels, offrant des cadeaux aux hommes qui acceptaient de le masturber. Une fois que je m'entretenais avec certains de ses hommes en compagnie de Paletó, j'appris à ma grande surprise qu'ils trouvaient la chose amusante : c'était pour eux un comportement ridicule de la part du prêtre, mais qui, dans un sens, leur était très profitable, puisqu'il leur avait suffi de « besogner la trique du prêtre » pour acquérir des objets convoités tels que hamacs et couvertures. Bendoraites photographiait également des femmes wari' nues et, selon ses propres dires, envoyait les clichés en Europe en échange de dons. Tout cela se passait à l'insu de l'évêque et des autres prêtres, qui se rendaient rarement à Sagarana et que, bien évidemment, il ne tenait pas informés de ses agissements. Dom Geraldo Verdier, qui succéda à dom Roberto au poste d'évêque et décéda peu de mois après Paletó, ne me cacha rien de son horreur quand, avec tous les euphémismes possibles et imaginables, je lui relatai les aventures sexuelles du faux prêtre détenu dans la prison d'une ville bolivienne voisine, Guayaramerín, après avoir été accusé d'avoir assassiné son jeune amant. Récemment, j'ai lu dans un journal qu'un homme politique important de Lituanie avait découvert qu'un de ses compatriotes avait vécu dans l'État de Rondônia, où il s'était illustré par son héroïsme. L'article ajoutait qu'un cinéaste était sur le point de réaliser un film sur sa vie. J'imagine déjà la surprise de l'équipe lituanienne quand elle viendra tourner au Brésil.

On convainquit Paletó de s'installer à Sagarana en lui disant qu'on avait besoin de lui pour apprendre aux autres à travailler. Le connaissant, je suis convaincue qu'il était très curieux de découvrir ce nouveau lieu, où se trouvaient aussi des parents de son épouse To'o, issus du sous-groupe OroMon. Parmi eux, il y avait Toji, oncle de To'o, frère cadet de son père Jamain To'u. Ce dernier était mort des suites de sa maladie à Barracão. Toji, conformément aux us, avait épousé l'une des veuves de son frère, sœur de la mère de To'o.

Paletó allait donc vivre auprès d'une partie de sa belle-famille, mais aussi parmi des personnes qu'en temps normal il aurait considérées comme des ennemis : des blancs et des indiens d'autres ethnies, qui lui enseignèrent à boire de la chicha de manioc. La première fille de Paletó et de To'o, Orowao Karaxu, née avant le premier contact, n'était encore qu'une petite fille quand ils s'installèrent à Sagarana. C'est là qu'elle grandit et qu'à peine nubile elle se maria avec Orowao Kun, déjà séparé de Xatoji et veuf de sa deuxième épouse. Une fois unis, ils ne tardèrent pas à retourner dans la région du Rio Negro.

Paletó vécut de nombreuses années à Sagarana avant de faire de même. «J'ai passé beaucoup de temps là-bas, ma fille, beaucoup de temps!» Abrão, à présent quinquagénaire, naquit dans cette ville, de même que notre sœur Main Tawi. Nos trois cadets, A'ain Tot, Davi et Ja, virent quant à eux le jour sur les bords du Rio Negro. To'o allaitait encore Abrão quand A'ain Kaxun, le frère de Paletó qui avait blessé un blanc lors du tout premier contact, perdit sa femme: To'o recueillit sa fille, Niro, et l'allaita en même temps que son fils Abrão en donnant un sein à chaque enfant. Plus tard, leur sœur Wem Xu vint chercher sa nièce pour la ramener à Rio Negro, ce qui meurtrit profondément To'o. À en croire Paletó, elle pleura plusieurs jours d'affilée.

J'ai connu Niro à Rio Negro: elle vivait avec son père et les enfants issus du second mariage de ce dernier (il perdit également sa seconde épouse), sa tante Wem Xu, ainsi que le mari de celle-ci. C'était une jeune femme vigoureuse, aux cheveux courts avec une frange, à la mode wari', dont les joues se creusaient d'adorables fossettes quand elle riait. Il y a quelques années à peine, nous avons vécu ensemble un moment triste et tendu en allant rendre visite à son frère cadet, Nelson, dans la prison de Guajará-Mirim où il séjournait depuis quelques mois. Il avait été accusé à tort par un Wari' chrétien du viol de sa fille, dans un autre village. Toute la famille avait emménagé à Guajará afin d'être plus près de Nelson, mais personne n'avait le courage de lui rendre visite. Mes sœurs m'avaient demandé de ne pas parler de Nelson à Paletó, alors de passage dans cette ville. Sa santé était précaire et, d'après elles, il n'aurait pas survécu à cette nouvelle.

Avec l'aide de mon ami Gil, qui se rendait fréquemment dans cette prison dans le cadre d'une mission de soutien aux détenus mise en place par l'Église catholique, j'organisai une visite, et nous passâmes voir les membres de sa famille afin de leur proposer de se joindre à nous. Le père et la tante ne purent s'y résoudre, mais Niro exprima le désir de nous accompagner. À notre arrivée, nous fûmes fouillés, et on alla chercher Nelson qui apparut menottes aux poignets, tête basse, ce qui fit fondre en larmes Niro. Ils s'assirent ensuite côte à côte et parlèrent à voix basse, comme le font les Wari'. Avec l'aide d'un ami procureur, nous passâmes les jours suivants à sillonner le tribunal à la recherche de documents : il devint vite évident que l'accusation ne tenait pas et que les droits de Nelson avaient été bafoués. Il fut rapidement libéré.

Ayant appris qu'Orowao Kun avait battu sa fille, Paletó retourna une première fois sur sa terre natale, avec son fils Abrão, encore petit, qu'on appelait Wem Xain. Un ouvrier de Sagarana du nom de Paulo les conduisit jusqu'à Guajará où Paletó embarqua à destination de Rio Negro sur le bateau du missionnaire évangéliste Abílio, qui vécut longtemps dans cette région. Les Wari' avaient déjà quitté Barracão Velho. Le SPI avait été dissous en 1967, remplacé par la Funai qui, en 1972, établit son siège non loin de la confluence du Rio Negro et du Rio Pacaás Novos, où se situe à présent le poste Rio Negro-Ocaia. Paletó raconta qu'à son arrivée il s'étonna de la petitesse des roças, y compris celles où l'on cultivait le maïs, habitué qu'il était aux vastes roças de bananes et de manioc de Sagarana. Il comprit finalement que les Wari' de Rio Negro ignoraient ces espèces.

Dès le début de leur confrontation, son gendre lui déclara qu'il était chrétien, qu'il croyait en Dieu, ce à quoi Paletó lui rétorqua: « Pourquoi est-ce que vous croyez tous en Dieu ? Elle ne sert à rien, votre foi. Vous ne l'avez jamais vu, Dieu ! » Royal, le missionnaire, vint à sa rencontre en parlant sa langue avec aisance, lui donnant du « mon frère » et désignant le petit Wem Xain comme « notre fils », à la mode wari'. Ce fut Royal qui lui trouva son nouveau nom, à l'en croire, « le nom de notre grand-père » qui, il y avait très longtemps, croyait déjà en Dieu. Au début, cela ne plut pas à Paletó, mais Abrão (Abraham) conserva finalement ce prénom.

Après avoir réglé le différend avec son genre, Paletó rentra à Sagarana, où il se rapprocha de ceux qui ne supportaient plus les conditions de vie dans cette ville et souhaitaient retourner s'installer loin de cette mission catholique. L'occasion ne tarda pas à se présenter: un gros incendie ravagea le réfectoire, et plusieurs familles en profitèrent pour s'enfuir. Paletó, To'o et leurs deux enfants comptaient parmi elles. Ils partirent s'installer très en amont de la rivière, dans un lieu qui fut longtemps connu sous le nom de la « roça de Paletó ». Quelques années passèrent avant leur retour définitif au Rio Negro.

Je relis un passage très intéressant de l'ouvrage d'un anthropologue qui vécut à Sagarana entre 1969 et 1970. Il y apparaît clairement que Paletó était considéré par les siens comme un grand homme:

Le chef de famille le plus puissant à Sagarana était Paletó. Toutes les personnes que j'ai interrogées, qu'elles soient civilisées ou indiennes, témoignèrent de son influence tout bonnement extraordinaire. C'était un homme d'âge mur, chasseur et agriculteur aussi compétent que diligent. Sa connaissance de la mythologie traditionnelle et rituelle était sans égale, mais c'étaient par-dessus tout les pouvoirs surnaturels qu'on lui attribuait qui lui valaient son statut. Il entraîna à sa suite un grand nombre d'hommes plus jeunes sur sa roça et organisa deux ou trois fêtes de chicha durant mon séjour. Tous les membres de son groupe déclarèrent que c'était lui qui avait « ordonné » la préparation de la chicha […]. Quand il quitta le siège de la mission, son frère et sa famille, ainsi que quatre jeunes hommes et leurs familles, le suivirent.*

* Bernard, von Graeve, *The Pacaa Nova. Clash of Cultures on the Brazilian Frontier* Ontario Broadview Press, 1989, p. 69.

19 LA CONVERSION

Quand Wem Xu vint chercher sa petite nièce Niro à Sagarana, d'autres personnes de Rio Negro l'accompagnèrent et informèrent les autres Wari' qu'ils s'étaient convertis au christianisme. Ils disaient que Dieu avait tout créé et qu'il les observait. Paletó me dit que les Wari' qui avaient quitté le Rio Negro au tout début de la catéchèse, lorsque personne ne comprenait rien à ce que pouvait raconter Royal, trouvèrent ces propos très étranges.

Il me conta aussi qu'à la tombée du jour ces Wari' de passage appelaient ainsi ceux de Sagarana : « Venez tous, venez entendre la parole de Dieu. » Et ils poursuivaient ainsi : « Ne fumez pas, ne couchez pas avec d'autres femmes, ne volez pas. » Paletó, furieux, leur répondit : « Pourquoi vous êtes-vous bêtement convertis ? Rentrez chez vous, là où sont restées vos femmes ! Ceux qui se disent croyants doivent être en train de coucher avec vos épouses. » Eux chantaient : « Nous suivrons Jésus jusqu'au ciel », et disaient aux autres : « Le prêtre qui vit ici parmi vous croit en la pierre. Il sculpte la pierre et dit que c'est votre Dieu. Les vrais fidèles ne croient pas en la pierre. »

Ce qui finit par convaincre Paletó de se convertir fut, selon ses propres mots, la peur de la fin du monde, et plus précisément la peur d'être abandonné par ses contemporains et ses parents, dont beaucoup, chrétiens depuis la fin des années 1960, iraient au ciel. Le récit que faisait Royal de ce qui arriverait à ceux qui resteraient sur terre était digne d'un film d'horreur : « Si vous ne croyez pas, vous resterez sur terre et le jaguar vous mangera. Et viendront aussi toutes sortes d'esprits animaux. Un grillon énorme viendra manger les Wari'. Un grillon énorme envoyé par le ciel. Dieu l'enverra manger les personnes qui ne croient pas. » Parti pêcher avec Abrão, Paletó entendit un jour un orage et craignit que ce soit la fin du monde. « Nous avions très peur », me confia Paletó. Bien plus que l'attrait du paradis, lieu assez fade où tous sont égaux, où personne n'a de relations sexuelles et ne fait la fête, où l'on boit de l'eau, on mange du pain et on passe son temps à écrire, c'est la peur de l'enfer qui les poussa dans les bras de Dieu. Loin du ciel, ils brûleraient pour toujours, la peau recouverte de plaies, en proie à une soif éternelle qui jamais ne serait étanchée.

De retour de cette partie de pêche, Paletó dit à To'o, son épouse, qu'il voulait se convertir. Initialement, cette idée déplut à To'o, mais au bout d'un moment, elle décida d'accompagner son mari jusqu'à la maison du pasteur pour lui faire part de leur décision. Le jour du culte, ils en informèrent tout le monde et furent baptisés peu après, en se plongeant dans les eaux du Rio Negro. Selon Paletó, le baptême de To'o ne se passa pas bien. Par la suite, elle coucha avec un autre homme, preuve que, conformément à ce qu'ils avaient craint, l'immersion dans l'eau avait été insuffisante : on avait en effet remarqué qu'au sommet de sa tête ses cheveux étaient restés secs.

Quelques années plus tard, au début des années 1980, juste avant que je fasse sa connaissance, Paletó « lâcha Dieu » (comme ils ont l'habitude de dire) après avoir été impliqué dans des bagarres à la borduna. Il en fut de même pour une bonne partie des Wari' à la même époque. Il renoua avec la foi chrétienne sur ses vieux jours, en 2001 : « Je suis revenu à Dieu. Maintenant, je crois vraiment. Je suis vieux. Les vieux ne vivent pas longtemps. Deviens croyant et tout ira bien pour ton double, ils m'ont dit. Pour ta femme aussi. » Selon les témoignages d'autres personnes qui retrouvèrent la foi en 2001, ce renouveau chrétien se manifesta lorsqu'ils assistèrent, à la télévision communautaire, à l'attentat terroriste contre le World Trade Center, et, par la suite, quand ils comprirent entre les lignes des exégèses des pasteurs qu'une guerre mondiale allait éclater, signe de l'imminence de la fin du monde.

Avant cela, il y avait déjà eu une première renaissance chrétienne, très brève, et qui ne concerna par Paletó et les autres habitants du Rio Negro. En 1994, un léger séisme se fit sentir dans la région du poste Ribeirão, poussant ses habitants, à l'époque redevenus aussi païens que les autres Wari', à se convertir de nouveau au christianisme. Quand j'arrivai dans cette région, environ six mois après les événements, j'entendis divers récits sur le tremblement de terre et la réaction de la population locale. Selon une femme du poste Lage, situé à une heure en voiture de Ribeirão, la terre trembla aussi chez eux, en fin de journée, et les marmites tombèrent des étagères. Certaines personnes, terrorisées, accoururent chez la missionnaire Teresa, qui leur parla de la fin du monde et du retour de Jésus. Du côté du Rio Negro, Paletó et ma sœur Orowao Karaxu me livrèrent leur version riche en détails : les gens de Ribeirão étaient redevenus chrétiens à cause d'un tremblement de terre, quand un nuage s'était ouvert et que du feu en était sorti, après quoi de l'eau avait commencé à jaillir du sol (comme dans le mythe du déluge des Wari'). À mesure que l'eau montait, ils étaient sortis de leurs maisons en criant et en suppliant Jésus d'attendre qu'ils redeviennent chrétiens.

À mon retour au Rio Negro en janvier 2002, plusieurs personnes me demandèrent des nouvelles de la guerre mondiale, et très explicitement si les talibans étaient déjà entrés dans Rio de Janeiro. Plus aucun missionnaire ne vivait alors dans la région, et comme j'ignorais que les Wari' étaient redevenus chrétiens, je ne comprenais pas très bien ce dont il retournait, pas plus que je ne remarquai les cultes nocturnes quasi quotidiens dans l'église locale, sise à l'époque dans une maison de paxiúba au toit de paille, assez éloignée de l'école où mes fils et moi étions hébergés. Paletó venait me rendre visite quasiment tous les jours, pour me quitter à une heure précise sous des prétextes évasifs, déclinant mes invitations à dîner. J'étais d'autant plus surprise que rien ne parvenait à le faire changer d'avis, même quand je lui proposais de préparer son plat préféré – des pâtes à la bolognaise.

Je découvris alors qu'il ne voulait pas que je sache qu'il fréquentait l'église, craignant ma réprobation. Je me mis néanmoins à assister à ces cultes et à parler avec les Wari' de Dieu (qu'ils appelaient « le véritablement invisible »), de Jésus, son fils, et du Saint-Esprit, le « double » de Dieu.

Ma présence à ces cultes ravissait Paletó, qui s'inquiétait de mon salut et de ma future entrée au paradis, ne serait-ce que parce qu'il redoutait d'avoir à repousser mes demandes d'eau fraîche si j'atterrissais en enfer. J'avais beau expliquer que je me rendais à l'église non parce que j'étais croyante, mais parce que j'étais curieuse d'en apprendre sur leur vie, Paletó affichait toujours un large sourire quand il me voyait entrer, fier comme le sont les parents dont les enfants décident de « suivre Dieu ». Ses craintes quant à ma réaction furent donc de courte durée, et je conserve une photo où l'on me voit à côté de Paletó, vêtu d'un tee-shirt rose où l'on peut lire les mots brodés « Jésus notre chemin ». Sur la tête, il porte le chapeau de laine à motif en damier noir et blanc que mon père de Rio lui avait envoyé. Il affiche une mine sérieuse et je souris, chemise orange et sac en laine péruvien en bandoulière, dans lequel se trouvaient mon petit carnet de notes, un stylo, de l'antimoustique et une lampe torche.

Pendant ces cultes, dirigés par les pasteurs wari' entièrement dans leur langue, ils chantaient et chantent encore de nos jours des cantiques traduits de l'anglais et du portugais en wari' par les missionnaires et leurs assistants indigènes, prient en l'honneur de l'œuvre divine de la création, demandent à Dieu sa protection et étudient les livres de la Bible déjà traduits.

Ces cultes étaient si longs, surtout celui du dimanche matin, que certaines ouailles, principalement les plus âgées, finissaient par s'endormir. Elles se faisaient réveiller par les diacres qui arpentaient l'église afin de s'assurer de la stricte observance des bonnes manières. Quand André était encore petit, je demandai un jour à Francisco (alors âgé de 11 ans) de m'accompagner au culte afin de m'aider à m'occuper de son frère. Habitués à jouer à des jeux palpitants avec les enfants wari' (qui affrontaient des ennemis imaginaires avec André armés de leurs arcs et défiaient Francisco aux échecs), mes garçons s'ennuyèrent terriblement, au point que Francisco décréta à la fin : « Je ferai tout ce que tu me demanderas, mais je n'irai plus à l'église. » Cela ne l'empêcha d'apprendre d'amis et amies de son âge plusieurs cantiques en version brésilienne, en particulier une hymne qui parlait de façon très répétitive d'une brebis égarée, loin de son troupeau, qui faisait « bééé bééé ».

Si je suis totalement opposée à ce prosélytisme religieux, j'ai toujours respecté le choix des Wari' en soi. Je ne me retenais cependant pas d'exprimer les raisons qui me poussaient à ne pas croire en Dieu, même si elles plongeaient Paletó dans une profonde consternation. De toute façon, j'avais beau donner mon avis, le fait même que je fréquente l'église me donnait tort, en cela qu'il prouvait que je devenais peu à peu chrétienne : en effet, pour les Wari', les actes sont bien plus importants que les paroles. Et j'étais bel et bien présente aux cultes.

Mais tous savaient que j'avais d'autres centres d'intérêt. Un jour de 2014, un homme très âgé du nom d'Oro Iram se rendit sur les rives du Rio Negro et fut hébergé chez sa petite-fille, mon amie Topa'. À la fin du culte, le pasteur Awo Kamop me recommanda d'aller parler avec cet homme, car il avait rêvé d'animaux sous leur forme humaine, sujet qui m'a toujours passionnée. Bien qu'ils aient été catéchisés par des missionnaires fondamentalistes, qui se focalisent sur une vision univoque du monde définie par une lecture au premier degré de la Bible, les Wari' semblent être naturellement portés à l'acceptation de la multiplicité des points de vue. Ils sont radicalement non dogmatiques.

Beto, mon ex-mari, m'a récemment rappelé une anecdote survenue à Rio de Janeiro en 1993. Il avait conduit Abrão et Paletó à l'aéroport Santos-Dumont afin qu'ils voient les avions se poser et décoller. Paletó avait observé un petit avion et avait déclaré qu'il parvenait à voler uniquement parce qu'il était petit: il doutait fortement que les plus gros en soient capables. Ils attendirent qu'un gros porteur décolle, et en réponse au regard que lui lança Beto et qui semblait vouloir lui dire: «Alors, tu vois?», Paletó avait eu ce commentaire: «Celui-ci, oui!», sous-entendant qu'il ne considérait pas cette faculté de voler comme applicable à n'importe quel autre avion.

Durant certains cultes, on assistait à des confessions: le ou la fidèle se présentait face aux autres et disait simplement: «J'ai cédé au diable.» Par le passé, m'a raconté Paletó, les confessions, en plus d'être publiques (c'est encore le cas aujourd'hui), entraient dans le détail du péché. Comme il s'agissait la plupart du temps d'adultères, elles donnaient immanquablement lieu à des bagarres. Il y avait aussi des témoignages de nouveaux convertis, qui se présentaient en groupe au reste des fidèles pour déclarer qu'ils avaient choisi de suivre Dieu. Les autres demandaient alors: «Vraiment?» Si la réponse positive était assez emphatique, ils se dirigeaient vers le groupe des nouvelles ouailles et leur serraient la main, à la brésilienne (une poignée de main molle). De nos jours encore, une fois par mois est célébrée la sainte cène, où l'on mange de la pamonha et où l'on boit du jus de raisin acheté en ville, dans de tout petits verres. Les seuls fidèles autorisés à manger et à boire sont celles et ceux qui se sont confessés publiquement, ou seul à seul à l'un des pasteurs.

C'est en 2005 que je sus que Paletó avait appris à «voir le papier», expression par laquelle les Wari' se réfèrent à la lecture. Nous étions chez lui (à l'époque, à Linha 29) quand Ja, ma sœur cadette, m'annonça la nouvelle. Cela piqua ma curiosité, et je demandai à Paletó de me lire un passage de son choix dans l'un de ses « livres de leçons » évangéliques (de petits livrets produits par les missionnaires avec l'aide de traducteurs wari'). Paletó ouvrit l'un d'eux et se mit à réciter le texte, parcourant chaque ligne du doigt, ainsi que le font les pasteurs à l'église. Malgré les quelques différences que je relevai entre le texte écrit et les mots prononcés par Paletó, le sens était rigoureusement identique. Je compris très vite qu'il avait mémorisé le texte. Pour lui, comme pour sa fille Ja, qui était allée à l'école et savait lire et écrire, la différence entre *lire* et *savoir ce qui était écrit* sur le papier n'avait pas la moindre importance. Paletó « voyait le papier », et c'était tout ce qui comptait. Vers la fin de sa vie, Paletó disait qu'il ne pouvait plus lire parce qu'il ne voyait plus très bien, parce que ses yeux étaient trop fatigués. Pour les Wari', la lecture est une faculté du corps, des yeux, et non de l'esprit ou du cerveau.

20 UNE GARE ROUTIÈRE, DEUX AÉROPORTS ET UNE CUISSE EN TITANE

De mon point de vue, la relation père-fille qui nous unit, Paletó et moi, s'est construite durant nos voyages communs, et plus particulièrement au cours de ses séjours à Rio de Janeiro, en 1992, 2009 et 2012. Il en va de même pour ma relation sœur-frère avec Abrão, qui accompagna notre père pendant ses séjours chez moi et qui vint seul en 2008, pour des raisons médicales.

Je me souviens très précisément de chacune de leurs arrivées. La première fois, ce fut à la gare routière de Rio. La séparation n'avait pas été très longue, car j'avais séjourné à Rio Negro quelques mois auparavant, avec Francisco. Evanir, enseignante à Rio Negro qui allait rendre visite à sa famille dans le sud du pays, avait eu la gentillesse de les accompagner jusque-là. En attendant leur arrivée, j'avais consacré les jours qui la précédaient en préparatifs afin de les recevoir au mieux. Je décidai que leur *tapit* (lit) serait le canapé-lit qui se trouvait sous la véranda, à côté d'une vaste baie vitrée avec une vue imprenable sur la rue General Glicério et les montagnes avoisinantes. Mais ce qui, à mes yeux, constituait un superbe panorama fut pour eux une immense source d'angoisse. Vivre en hauteur les terrifiait (j'habitais au quatrième étage), et durant les premiers jours, ils redoutèrent que le vent mettent mon immeuble à terre.

Je préparai de la chicha avec du maïs que j'avais acheté au marché : je passai les grains au mixeur en ajoutant de l'eau et un peu de sucre, et déposai la pâte à un endroit stratégique, afin de pouvoir leur en offrir dès qu'ils passeraient le seuil de mon appartement du quartier de Laranjeiras, ainsi que le font les Wari' lorsqu'ils reçoivent des parents chez eux. Au matin de ce jour de décembre caniculaire, j'allai les chercher au volant de ma Fiat Uno bleu marine. Beto et Francisco (alors âgé de 2 ans) restèrent à la maison. J'écrivis par la suite dans mon carnet :

> ***Suis allée les chercher à 10 heures à la gare routière. Paletó, immobile à côté d'Abrão et d'Evanir, devant la porte principale, portait en bandoulière un sac bolivien très coloré. Je me suis d'abord adressée à Evanir, qui était plus proche de moi. Quand je me suis tournée vers Paletó, il m'a serrée dans ses bras ; puis il a désigné son fils, comme pour s'assurer que je n'oublierais pas de l'embrasser, lui aussi. Sommes tous montés dans la Fiat, direction la maison. Je pointe les immeubles du doigt en disant à Paletó que les blancs vivent les uns sur les autres, jusqu'au ciel. Il me répond que ce sont probablement des descendants des OroTaoPa, un peuple mythique.***

Pour leur deuxième séjour, en août 2009, ils arrivèrent à l'aéroport de Galeão. Paletó portait un masque chirurgical : j'avais demandé qu'on leur en fournisse, à Abrão et à lui, parce que nous étions en pleine épidémie de grippe porcine et je craignais qu'ils soient contaminés durant leur vol. Il retira son masque pour me parler et rit de mon inquiétude. Nous nous étions vus à Rio Negro en janvier 2008, et je ne relevai chez eux aucun changement physique. C'était la première fois que Paletó prenait l'avion, même s'il était déjà entré dans l'un de ces appareils, à l'arrêt, durant son premier séjour à Rio. J'étais curieuse de connaître son opinion, de savoir s'il avait eu peur. Il me répondit simplement qu'il allait se construire une maison à l'intérieur de l'avion, la même remarque qu'il avait faite en montant à bord du téléphérique du Pain de Sucre et dans une rame du métro, dix-sept ans auparavant.

Lorsqu'ils arrivèrent en décembre 2012 pour leur troisième séjour, cela faisait trois ans que je ne les avais pas vus, trois ans que je n'avais pas mis une seule fois les pieds dans la région du Rio Negro. J'avais tenté à plusieurs reprises de les faire venir, allant même jusqu'à acheter des billets, mais pour différentes raisons, ils avaient dû renoncer à ce voyage. Cette fois, ils atterrirent à l'aéroport Santos-Dumont. Très inquiète de ne pas les voir sortir de la zone des tapis roulants, j'implorai un douanier de me laisser entrer. Lorsque j'aperçus enfin Paletó, je fus frappée par son vieillissement. Sa main tremblait, et il était visiblement plus maigre et plus courbé. Sur le moment, je songeai à l'énorme responsabilité que j'avais endossée en lui demandant de faire un si long voyage. Mais je me détendis presque aussitôt, car Paletó s'approcha en plaisantant au sujet de tout ce qui l'entourait, d'excellente humeur, et il marchait d'un bon pas, quoiqu'un plus lent qu'à l'accoutumée. Ce fut pour lui une sorte de séjour de remise en forme : il mangea si bien qu'il reprit du poids, il dormit énormément et fut examiné par un médecin qui lui prescrivit un traitement adapté à la maladie de Parkinson. Je devais m'assurer par la suite qu'il recevait chez lui les médicaments en question, envoyés par la Funasa*.

*Fundação Nacional de Saúde, Fondation nationale pour la santé, dissoute en 2023.

Lorsque je me rendis à Rio Negro en janvier 2008, je trouvai Abrão avec des béquilles, une jambe inerte. En me voyant, il fondit en larmes et me raconta son accident de bateau : l'hélice du moteur l'avait blessé à la jambe. Je le vis assez peu durant ce mois dédié à des expéditions dans plusieurs villages traditionnels wari' : j'étais quasiment tout le temps en déplacement. Le jour de mon départ, début février, quand je passai chez lui pour lui dire au revoir, Abrão sortit de son silence pour aller droit au but, ce qui est très étonnant quand on sait que les Wari' ont l'habitude de formuler leurs demandes de façon détournée : « Soit tu m'emmènes avec toi, soit je vais mourir ici ! » Ensemble, nous allâmes à Guajará-Mirim, puis à Porto Velho et enfin à Rio de Janeiro où nous fîmes le tour des hôpitaux dans l'espoir qu'Abrão pourrait se faire opérer. Ce passage à Rio n'eut rien d'un séjour d'agréement : mon frère, qui avait de grandes difficultés à se déplacer, était constamment plongé dans une tristesse sans fond. Je devais parfois le laisser seul chez moi et, à mon retour, je le retrouvais assis dans mon salon, immobile et silencieux face à la télévision éteinte. Au bout d'un mois, nous trouvâmes enfin une solution.

Totalement par hasard, je parlai de ce problème à un collègue universitaire, dont un des élèves, médecin dans un hôpital spécialisé en orthopédie, organisait des campagnes de chirurgie itinérante, notamment dans la ville de Porto Velho. La date de l'opération d'Abrão fut fixée au mois d'août de cette même année, on lui posa une prothèse en titane dans la cuisse, et il marche à présent tout à fait normalement. Le seul inconvénient, ce sont les détecteurs de métaux : quand l'année suivante Abrão revint à Rio avec Paletó, je faillis me faire expulser de l'aéroport Santos-Dumont pour avoir tenté d'entrer dans la zone d'embarquement afin d'expliquer pourquoi mon frère faisait systématiquement sonner le portique.

21 LÀ OÙ L'EAU RENCONTRE LES NUAGES ET LES HOMMES-POISSONS

De ce mois de décembre 1992 j'ai gardé en mémoire l'image vivace de Francisco, encore tout petit, dansant au son de l'harmonica dont Paletó jouait pour lui, l'appartement de Laranjeiras et sa superbe vue, et la chaleur de cette fin d'année à Rio, qui pourtant n'avait rien de comparable avec les canicules actuelles. Au-dessus du lit d'Abrão et de Paletó, sous la véranda qui prolongeait le salon, un plafonnier tournait.

Paletó et Abrão n'étaient jamais allés plus loin que la petite ville de Guajará-Mirim, où l'on ne trouvait ni immeubles, ni ascenseurs, ni tunnels routiers. Paletó associait spontanément toutes ces choses étranges à des époques et à des personnages mythiques de la culture wari'. Devant de très hauts immeubles, Paletó conclut simplement: «En fait, la *castanheira** n'est pas si grande!» En voyant une pelleteuse en action sans apercevoir son conducteur, il fit remarquer que les blancs avaient été sages de ne pas rire des objets qui se mouvaient, comme l'avaient fait les Wari': les objets étaient alors devenus inanimés, et les humains devaient depuis tout faire eux-mêmes. Je lui expliquai qu'un homme était aux commandes de cette machine, mais cette information ne lui parut pas très pertinente, car durant son séjour en 2012, quand il vit s'ouvrir le portail du parking de mon immeuble, sans remarquer la télécommande que j'avais en main, il me demanda si cette porte avait du «cœur», c'est-à-dire si elle était douée de raison, d'une conscience.

* Littéralement «châtaignier»: outre-Atlantique, c'est le nom du noyer du Brésil.

Il n'exprima pas plus de surprise quand je les emmenai, Abrão et lui, au centre commercial RioSul, dès le lendemain de leur arrivée. Je m'attendais à ce qu'ils soient impressionnés, voire mal à l'aise, face à ce bâtiment avec ses nombreux étages, son éclairage. Mais ils prirent un immense plaisir à le découvrir et s'émerveillèrent d'apprendre qu'il y avait d'autres niveaux en dessous de celui où nous étions. Quand, du troisième étage, nous contemplâmes le deuxième, Paletó s'approcha précautionneusement du garde-fou, et croyant qu'il trouvait ce spectacle bien étrange, je lui dis: « Les blancs sont cinglés. » Il répliqua aussitôt: « Non, c'est très bien! Les blancs savent beaucoup de choses. »

Chez moi, nous enregistrâmes le récit qu'il fit de son voyage, s'adressant tantôt à moi, tantôt aux Wari' qui écouteraient plus tard la cassette audio. Les différences entre ses souvenirs et les miens étaient révélatrices. J'envisageais son séjour comme une suite d'événements, là où Paletó se focalisait énormément sur les personnes présentes à chaque épisode et sur la nourriture. Avant chaque anecdote, il tenait à déterminer précisément qui y avait assisté. Il demandait à Abrão: « Evanir était déjà partie? Francisco était avec nous? »

Il débute son récit par le voyage de trois jours en autocar, de Guajará-Mirim à Porto Velho, puis de Porto Velho à Rio de Janeiro, avec un changement à Goiânia (le vieil autocar poursuivait jusqu'à São Luiz, la ville de Josélio, un fonctionnaire de la Funai, ainsi que le précisa Paletó) et de nombreuses étapes jusqu'à destination:

> ***Nous avons pris le petit-déjeuner. À midi, nous sommes passés devant un cimetière, nous sommes descendus, nous nous sommes lavés, nous avons bu du café, nous avons mangé du pain. Je ne pensais plus [sous-entendu, « à chez moi »], ma pensée avait disparu: j'étais simplement assis. J'ai vu toutes les villes. On est de nouveau descendus. On est encore remontés. La nuit est tombée, puis le jour s'est levé pour nous. Nous avons vu les grandes plantations des blancs, le maïs, les haricots, les ananas, le riz. Nous ne savons pas cultiver [tout cela]. Les blancs font de grandes***

plantations. Où est la fin [de la plantation], où est la fin, où est la fin ? Très loin. Vous allez dire : « Ce n'est pas vrai, ce que tu racontes ! » Mais la fin de la plantation se trouvait vraiment très loin, si loin que nous oubliions les personnes [les Wari']. Nous avons continué, continué, la nuit est tombée et nous avons dormi. Nous sommes arrivés dans une petite ville et nous sommes descendus, nous avons pris le petit-déjeuner, mangé du pain.

Paletó fut également très impressionné par les longs tronçons de route déserts, complètement déboisés, et sans habitations, sans personne. Cela le confronta à ce qui pour lui était une toute nouvelle dimension de la notion de distance :

La route, la route, sans la moindre ville, sans le moindre blanc. Très loin. Très loin. Ici je n'arrête pas de parler. Nous n'arrêtons pas de penser. Les Wari' de Tanajuri habitent ici, les Wari' de Mamoré habitent là, dit notre cœur. Quand on va vraiment très loin, nous ne savons plus où nous allons. Nous [les Wari' dans leur globalité] ignorons ce que c'est, le lointain.

Il relate ainsi leur arrivée à Rio :

Le matin, avant le lever du soleil, nous avons vu les lisières de Rio. On pensait qu'Evanir nous laisserait pour poursuivre seule son chemin. Nous sommes alors entrés dans une multitude de maisons de blancs. On s'y enfonçait, encore, encore. Nous sommes arrivés et nous sommes descendus. Nous avons monté le sol étrange qui se déroulait [un escalier mécanique] et j'ai eu peur de m'y coincer le pied. Evanir m'a tenu : je n'arrivais pas à tenir debout sans bouger. Evanir a dit : « Elle va arriver, elle vous aime beaucoup. » Et j'ai demandé : « D'où arrivera-t-elle ? » C'était comme si tu étais du gibier pour moi, je demandais : « Par où elle arrive ? Elle est où ? Elle est où ? » Je la cherchais au milieu de tous ces blancs. Je cherchais. Et puis je l'ai vue : on aurait dit une Wari'. Tu es arrivée. « Nous allons entrer dans le trou [un tunnel], mon père », elle m'a dit. J'ai cru que j'allais mourir [dans le tunnel]. J'ai senti un grand froid dans tout le corps. Je n'arrivais plus à respirer : « Je vais mourir, je vais mourir ! » Je ne sais pas qui est la personne qui creuse ces trous.

Après nous être garés dans le parking de mon immeuble (encore un trou), nous prîmes l'ascenseur, que Paletó supposa d'abord être une petite pièce. Il fut terrifié quand la cabine se mit à monter, et plus encore lorsqu'elle s'arrêta brusquement. « On aurait dit que ça s'était cassé et que ça allait dégringoler. » Mais dès le lendemain, il adorait l'ascenseur, qu'il prenait même lorsque Abrão préférait emprunter l'escalier. Les surprises se succédèrent, ce premier jour. Quand je lui montrai les toilettes, Paletó regarda en haut et sur les côtés, avant de me demander où étaient les feuilles. Je lui désignai le rouleau de papier-toilette et parvins à le convaincre de s'en servir comme s'il s'agissait de feuilles.

À leur arrivée chez moi, je remplis trois verres de chicha et, toute fière, les servit en prononçant les mots propres à cette occasion: «Voici ta chicha, mon père!» Ils burent cul sec, ainsi que le font les Wari'. Pensant que cette scène de la chicha les aurait marqués ou les aurait fait rire, je m'étonnai de son absence dans le récit de Paletó. Il ne s'en souvenait même pas, sans doute parce que c'était tout à fait banal, bien trop commun pour être raconté aux autres Wari'.

Ce jour-là, je les emmenai à la plage, où ils virent la mer pour la première fois. Sur le sable, abasourdis, ils contemplèrent l'océan. Paletó goûta l'eau pour voir si elle était salée (*wita*, le même mot utilisé pour signifier «sucré»). Il goûta également le sable humide, puis le sable sec. Il en prenait un petit peu dans sa bouche avant de le recracher. La saveur le déconcerta. Il refusa d'aller dans l'eau, prétextant qu'il n'avait pas chaud. Abrão avança dans l'océan, nagea tranquillement et plongea sous les vagues. Paletó observa: «Ce fichu gamin n'a pas peur de l'eau.» Evanir me raconta par la suite qu'Abrão lui avait dit qu'il était le premier Wari' à s'être immergé dans la mer. La nuit, alors qu'il parlait au téléphone avec Orowao Kun, gendre de Paletó, et João, un jeune homme wari', qui se trouvaient tous deux à la Maison de l'Indien de Guajará, Abrão les informa que je ne leur avais pas menti, que l'eau était vraiment salée et qu'on n'en voyait pas la fin.

Le récit que Paletó fit de ce moment est savoureux:

> ***Nous sommes tout de suite ressortis. On va voir le sable! Abrão a immédiatement plongé dans l'eau. C'était une eau très en colère. Le Mamoré est tout petit. Les gens pensent qu'ils vont couler. Ah! [Il imite ceux qui ont peur de naviguer***

sur le Rio Mamoré.] Ce n'est qu'un igarapé. L'eau qu'il y a ici, elle, est vraiment grande. On dirait que l'eau se fond dans les nuages, on ne voit pas où elle se jette, on n'en voit pas la fin. On a eu honte des femmes sans vêtements. On arrivait à voir leurs poils [pubiens]. Le vêtement leur rentrait dans le cul. Elles n'avaient pas honte. Elles ne recouvraient que leurs seins. On arrivait à voir les bords de leur vulve.

L'habillement plus que léger des femmes attirait l'attention de Paletó chaque fois que nous allions sur la plage, ce qui est assez insolite étant donné que les Wari', hommes et femmes, vivaient nus, même s'ils cherchaient toujours à dissimuler leur nudité aux blancs, moi comprise. Paletó m'expliqua ainsi la chose: « Comme si moi j'avais déjà vu la vulve d'une femme [blanche] ! »

Nous retournâmes plusieurs fois sur la plage, où nous vîmes un jour un vendeur coiffé d'une sorte de serre-tête qui donnait l'impression qu'il avait un couteau enfoncé dans le crâne. Paletó resta sans voix, stupéfait de voir que cet homme arrivait encore à marcher, à parler et à rire, et il fallut lui acheter un de ces serre-tête de farces et attrapes. Un autre jour, en début d'après-midi, je dus laisser père et fils une demi-heure sur la plage pour passer à la banque. À mon retour, ils avaient disparu. Désespérée, je demandai à tous ceux qui se trouvaient là s'ils avait vu deux « indiens ». Certains répondirent que oui, d'autres que non, mais personne n'en savait plus. Soudainement, ils réapparurent à l'endroit même où je les avais laissés, tout sourire, m'expliquant qu'ils étaient allés se balader.

C'est sur la plage que Paletó comprit pourquoi nous étions blancs : l'océan mangeait notre peau. Je lui rappelai que des personnes à la peau noire vivaient aussi ici : « Va savoir ! », répondit-il, sans considérer pour autant, cette fois encore, que cela invalidait son raisonnement. Nous finirions sans doute par trouver une autre explication pour les peaux noires.

Le sens de l'orientation des Wari' m'a toujours époustouflée, et plus encore dans la ville, où j'aurais cru qu'il leur aurait fait défaut. À peine arrivés chez moi, Paletó et Abrão se campèrent face à une fenêtre pour examiner longuement le paysage, prenant pour repères les points les plus hauts. Un jour, après avoir appelé Abrão dans mon appartement, je découvris qu'il était sorti faire un tour, seul. Au bout de deux ou trois heures, il était de retour, sans avoir eu le moindre mal à retrouver son chemin. Dans les rues très fréquentées, néanmoins, ils ne s'éloignaient jamais de moi, à la queue leu leu dans mon dos, comme si nous suivions un chemin en pleine forêt, alors même que je leur répétais de marcher à mes côtés. Pensant que la foule les gênait, un après-midi sur l'avenue Nossa Senhora de Copacabana, je décidai de passer par les rues transversales, moins bondées, sûre et certaine que ce serait pour eux un soulagement. Au bout de quelques minutes à peine, Paletó me demanda pourquoi nous ne retournions pas là où les blancs étaient si nombreux et si collés les uns aux autres qu'on gardait l'odeur des gens sur la peau :

> ***On aurait dit ces poissons koka qui frétillent contre nos jambes quand on pêche par bouchage [quand les poissons sont pris au piège dans un tronçon de cours d'eau qu'on vide à l'aide d'un barrage de fortune]. Impossible d'en attraper un. Les queixadas sont nombreux, mais les blancs le sont encore plus.***

Je connus d'autres surprises similaires. Au milieu du séjour, des amis nous prêtèrent leur maison dans une région montagneuse du nom de Sibéria, sur la route de Nova Friburgo, au beau milieu de la forêt, sans électricité ni eau courante. Nous y allâmes, Beto, Francisco, Abrão, Paletó et moi. Nous avions l'intention d'y passer au moins trois jours, pour rentrer à Rio lundi soir, afin que nos invités aient le temps de se reposer loin de la ville, de ses bruits et de ses lumières, à la faveur de cette sorte de retour à la forêt. Nous rentrâmes finalement dès dimanche, à la fois parce qu'ils souffraient trop du froid et parce que la ville leur manquait. À notre arrivée là-bas, Paletó me demanda immédiatement : « Où est la foule, où sont passées les voitures ? »

Dans l'enregistrement, il décrit ainsi cet épisode :

> ***Nous sommes allés bien loin. Nous avons traversé un pont au-dessus d'une très grande quantité d'eau. Nous avons grimpé. Il y avait beaucoup de blancs, beaucoup de blancs, et puis au bout d'un moment il n'y en avait plus, rien d'autre que la route. On a grimpé, la route était mauvaise, la pierre très pentue. La voiture n'arrêtait pas de rouler. Aparecida, le petit Francisco et moi étions dedans. Beto et Abrão y sont allés à pied. On est arrivés devant un petit ruisseau que la voiture n'arrivait pas à passer. Un homme a eu pitié de nous et nous a aidés, il nous a poussés. Nous avons continué à grimper. Nous sommes arrivés. Beto et Abrão aussi. C'est là qu'est arrivé le froid, pour de vrai. On avait très froid. « On va se laver ! » Impossible de se laver. Trop froide [l'eau]. Vous non plus vous ne vous seriez pas lavés avec cette eau froide de cette terre lointaine. « On va faire un feu [dans la cuisinière à bois] ! » Ils nous ont donné des couvertures. Le lendemain : « On va couper du bois pour cuire le poisson. » J'ai pris une hache de blanc, j'ai coupé, mais je me suis blessé la jambe. Je me suis coupé moi-même ! J'avais mal à la tête. « J'ai très froid ! », j'ai dit. « On ne va pas attendre lundi, on s'en va !, a dit Beto. Si seulement vous n'aviez pas aussi froid ! » Nous sommes allés voir les poissons [sur le trajet du retour, nous sommes***

passés par un site d'élevage de truites]. Nous voulions voir les poissons que les blancs élèvent. Il n'y en avait pas qu'un peu. Beaucoup de poissons. J'ai une image [une photo] de là-bas. Plein d'endroits avec des poissons, des petits, des grands. Il y en avait des petits comme des piabas. Les blancs les élèvent comme des poules. On a pris des photos. On a attrapé un poisson avec une chose étrange qui sert à attraper [une épuisette]. Nous avons vu un jaguar étrange [un chat siamois] qui ressemblait à un sapajou.

Et en conclusion : « Nous avons gravi la pierre, nous sommes descendus [de la montagne, en empruntant la route] et le soleil a réapparu. Notre cœur s'est réjoui. Vraiment très désagréable, la forêt de là-bas. »

Ils adoraient la ville et le grand nombre de personnes qui y vivaient, cela les subjuguait. Très souvent, Paletó me demandait pourquoi je ne saluais pas les gens que nous croisions dans la rue. Il restait interdit quand je lui répondais que je ne les connaissais pas. « Comment est-ce possible ? demandait-il. Comment peut-on vivre au même endroit sans se connaître ? » Quelques années plus tard, lorsque nous évoquâmes ensemble cet échange, il me soumit cette analyse : « Nous sommes parents entre nous. Pas comme toi qui n'a pour parents que ton frère cadet, Dudu, ton père, ta mère. Vous vous aimez tous beaucoup. Pourquoi vous ne devenez pas parents les uns des autres ? » Aux autres Wari' il dit : « Il y a là-bas tant de gens que nous ne sommes plus wari'. Nous devenons comme les blancs. Nous nous perdons. Les blancs nous regardent, regardent notre Aparecida. Elle n'a pas honte de parler en wari'. Ils regardent mon oreille [percée] et ils se rendent compte que je suis un Wari'. » À d'autres moments, il prenait la peine de désigner tous les blancs de la ville comme des Wari', reconnaissant ainsi leur humanité, par opposition au statut de wijam, d'ennemis, qu'il leur avait toujours associé. C'était également pour lui une façon d'assurer sa sécurité dans un environnement qui lui était tout sauf familier. Un jour, alors que nous étions encore à Rio de Janeiro, il me déclara : « Les Wari' disaient qu'ils allaient tuer les blancs, mais ils ne s'imaginent pas la quantité de blancs qu'il y a. Si les Wari' essayaient de les tuer, les blancs les extermineraient tous. »

Paletó ne cessait d'imaginer des explications à cette multitude. Un jour, alors que nous nous baladions dans la forêt de Tijuca, nous croisâmes un grand nombre de joggeurs, principalement des femmes accompagnées de leur chien. « J'ai enfin compris, me dit-il avec ironie, vous couchez avec ces animaux, c'est pour ça que vous vous reproduisez si rapidement : vous baisez avec ces bêtes en leur suçant les organes génitaux, leur pénis ou leur vulve, et vous faites des enfants-chiens. » Une autre fois, voyant un homme qui portait un chat dans ses bras, Paletó déclara : « Ils couchent avec des chats. C'est pour ça qu'il y a autant de blancs. Ce sont des enfants de jaguars. C'est pour ça qu'ils volent », ajouta-t-il en faisant référence à des hommes qu'il avait vus à la télévision se jeter de très haut, attachés à des cordes. Par plaisanterie, il affabulait sur tout ce qui l'affectait profondément.

Je relève qu'en ce tout début d'année 1993, quand il s'adressait aux siens, Paletó se référait à moi par mon prénom, Aparecida, ou par « notre Aparecida », et non par « ma fille » ou « notre fille », à la mode wari', ainsi qu'il m'appela par la suite et jusqu'à la fin de ses jours. Durant ses dernières années, il ne prononçait plus que très rarement mon prénom, m'appelant toujours « ma fille ». Quand je me trouvais en compagnie du reste de sa progéniture, il nous appelait tous « les enfants » : « Venez m'aider tout de suite, les enfants ! » Notre lien de parenté semble s'être construit sur le long terme, à travers nos expériences communes, les souvenirs partagés et, par-dessus tout, la nourriture partagée. « Nous avons beaucoup mangé, beaucoup », racontait Paletó aux autres Wari'.

Je ne peux qu'imaginer leurs réflexions face à cette abondance de nourriture sans cesse renouvelée en ville. Dans leur village, l'abondance ne durait qu'un ou deux jours, faute de pouvoir conserver les aliments. Aussi, on mangeait ce dont on disposait dans l'instant, autant qu'on pouvait, comme pour se constituer une réserve personnelle pour les jours de pénurie. À Rio, nous allions acheter ensemble de la viande au supermarché, disant que nous allions chasser. Tout ce qui était posé sur la table disparaissait le jour même, ce qu'à ma plus grande joie j'interprétais comme le signe que les plats que je leur servais leur plaisaient.

Ce n'est que plus tard, en me rendant avec eux à l'anniversaire d'un ami, que je compris que cette politique de l'« assiette vide » dépassait les seuls enjeux de la gourmandise ou du réflexe atavique conditionné par la précarité alimentaire. C'était une fête chic, dans un vaste appartement d'Ipanema. Pour l'occasion, j'avais offert des vêtements à Paletó et à Abrão : pantalon, chemise de soirée et chaussures. De leur propre initiative, ils se parfumèrent. Tous deux furent le clou de la soirée, constamment sollicités par les autres convives qui leur posaient les questions les plus bizarres sur la vie des « indiens ». L'ami qui nous recevait offrit gentiment un verre de Coca-Cola à Paletó, qui le vida d'un trait. Notre hôte sourit, satisfait de lui avoir manifestement fait plaisir, et alla lui chercher un autre verre de la même boisson, que Paletó vida de nouveau cul sec. Au troisième verre, Paletó se mit à roter, et je devinai qu'il ne tarderait pas à vomir s'il continuait à boire de la sorte. Je lui demandai s'il souhaitait s'arrêter, et il me répondit : « Je peux ? » Je compris alors qu'il buvait du Coca-Cola comme il aurait bu de la chicha durant une fête wari', dont les hôtes servent toujours d'énormes quantités à leurs convives, et qui doit toujours être bue d'un trait. Afin de tenir le coup, les invités doivent aller vomir de temps à autre, et c'était précisément ce que Paletó s'apprêtait à faire, par respect pour les bonnes manières festives ainsi que pour notre hôte : ce qui est offert ne peut être refusé.

À cause de ce malentendu et, je l'espère aussi, par authentique gourmandise, Paletó et Abrão grossirent tellement durant ces deux mois à Rio que je dus leur offrir de nouveaux vêtements : ils n'arrivaient plus à boutonner ceux que nous avions achetés pour l'aller. Evanir avait prédit qu'ils prendraient du poids, et Paletó avait aussitôt rétorqué : « Je grossirai à mon retour à Rio Negro », signifiant très clairement qui étaient ses véritables parents. Pourtant, à la suite des séjours suivants, il reconnut en présence de ses parents wari' que, chez moi, il mangeait beaucoup et grossissait. Il arrivait même que, par plaisanterie, il les menace en leur disant que s'ils ne s'occupaient pas convenablement de lui, il irait mourir auprès de moi et que seuls deux de ses petits-enfants le pleureraient alors : Francisco et André.

22 LES ANIMAUX QUI SONT DES GENS, LA GRANDE PIERRE ET LES OS DES MORTS

Dans le récit qu'il fit de son séjour à cheval entre 1992 et 1993, Paletó évoque notre visite au Jardin zoologique de Rio :

> ***Le jour arriva. Nous allons voir des choses ! Nous sommes entrés dans un autre trou, très grand [le tunnel André Rebouças]. Je ne sais pas qui est la personne qui creuse ces trous. Un très grand trou. Nous sommes ressortis. Nous sommes allés voir les animaux. Beto a payé [les entrées]. Nous avons vu le jaguar, l'ours, le dromadaire [Abrão, à côté de lui, l'aidait à se souvenir du nom des animaux], des animaux étranges, des jaguars étranges [des tigres], des singes-araignées étranges [des chimpanzés]. On aurait dit des Wari', des vraies gens, ils mangeaient assis. Cet animal étrange qui se dresse jusqu'au ciel, la girafe. Un animal grand, tellement grand, impossible de lui toucher la tête. Elle mangeait les feuilles tout en haut. Un oiseau étrange [un nandou]. Grand, très grand. Plus grand qu'un Wari'. Sans poils. Rien qu'un tout petit peu, et rien du tout***

sur le ventre. Un oiseau très grand. Il y avait des bêtes que nous reconnaissions, d'autres non. Nous avons vu le vrai cerf, le nôtre. L'agouti, le nôtre. Le singe-araignée, mais pas comme le nôtre. Nous sommes allés voir les animaux étranges, une maison de chauves-souris.

Je me souviens parfaitement de cette visite. Francisco, encore petit, était vite fatigué, et nous devions le porter sur le dos, dans une sorte de sac porte-bébé en toile bleu turquoise. Lui aussi était fasciné par les animaux du zoo, mais ce n'était pas la première fois qu'il s'y rendait. À l'époque, les Wari' n'avaient pas la télévision, ni aucun accès à des photos ou représentations d'animaux vivant dans d'autres régions du globe, si ce n'est dans certains manuels scolaires où des ours et des tigres servaient à illustrer les lettres de l'alphabet. Paletó et Abrão s'étonnaient autant de l'étrangeté des animaux qu'ils voyaient, que de l'existence même d'un parc où l'on exhibait ces créatures en cage. Le fait que nous les gardions là, inutilement (je lui avais déjà expliqué que nous ne les mangions pas), plongeait Paletó dans la plus grande perplexité. « Alors pourquoi les avoir capturés ? » Il me demanda si les hippopotames étaient des tapirs, il les appela « esprits de l'eau » et, tout comme Abrão, fut très impressionné en en voyant un déféquer, puis frotter son derrière souillé contre un mur. Paletó me dit qu'Abrão redoutait de revivre cette scène en rêve.

Ce qui me frappa le plus, ce jour-là, fut la réaction des Wari' face à un couple de chimpanzés. Ils n'avaient jamais vu de singes aussi grands, et les deux chimpanzés avaient un comportement très humain: la femelle épouillait son partenaire, qui de temps à autre allait chercher de la paille pour la déposer sous l'auvent de leur cage, préparant ce qui semblait être le lit où ils dormiraient ensemble. Paletó me demanda: « Ce sont des personnes [des Wari'] ? Ils parlent ? » À plusieurs reprises durant son récit, Paletó insista sur le fait qu'il avait vu des animaux qui étaient des gens, qui s'épouillaient et faisaient leur lit. Paletó savait déjà que de nombreux animaux étaient des gens (c'était l'un des sujets de prédilection des chamans), il avait même eu une belle-mère-jaguar, mais jamais il n'en avait vu se comporter en humains sous leur forme animale, comme ce fut le cas au zoo. C'était en cela que résidait la singularité de cette expérience, et non dans la prise de conscience de la porosité des frontières qui séparaient humanité et animalité. Paletó conclut cette partie de son récit par une observation importante: « Nous sommes rentrés et le repas était prêt. Nous avons mangé. Nous mangions beaucoup. Nous avons mangé beaucoup de poulet. Nous n'avions jamais faim. »

Paletó se souvient qu'Evanir nous quitta alors, ainsi que Gabriel, le fils de Beto, âgé de 13 ans, qui venait de passer quelques jours avec nous. « Ce jour-là, raconte Paletó, nous sommes allés nager avec Gabriel, un de ses fils, qu'il a eu avec une autre femme. Il est grand. J'ai une photo de lui avec son père. »

Le lendemain, nouvelle visite touristique: « On ne s'asseyait pas [on n'arrêtait pas] ! », déclare Paletó.

Nous allons voir la maison étrange dans le ciel ! Nous sommes arrivés, nous avons payé. Nous sommes entrés dans une petite maison qui se balançait beaucoup, elle bougeait d'avant en arrière. On aurait dit que ça allait se casser. Aparecida me tenait le bras. Ils n'avaient pas peur que ça casse. Nous sommes arrivés en haut. Nous avons vu les voitures tout en bas, toute petites, j'avais l'impression que c'étaient des tortues. Les personnes ressemblaient à de petits enfants. Et maintenant, on va tout en haut ! Il y avait une autre liane qui permettait d'y accéder. Nous sommes montés. En haut, tout en haut.

Nous étions au sommet du Pain de Sucre. Paletó dit que c'est à cet instant que sa peur le quitta, qu'il se mit à respirer normalement dans la ville.

L'ascension du Corcovado fut bien moins riche en émotions, car à l'époque on pouvait y accéder en voiture. « On va se promener ! On va là où se trouve Dieu ! J'ai la photo. Nous sommes montés vraiment tout en haut. Nous sommes entrés dans les nuages. Nous étions vraiment très haut. » La dernière fois que nous y allâmes, en 2012, avec André, très mécontent de se retrouver dans cet attrape-touristes, Paletó et Abrão emportèrent un mug à leur effigie. Cette fois-ci, leur image ne resta pas en possession des blancs, comme cela avait été le cas avec ce vendeur au sommet du Pain de Sucre, qui avait essayé de les convaincre de lui acheter une assiette où, à leur insu, il avait imprimé leur photo.

Quelques jours plus tard, je les emmenai visiter le Musée national, où je travaille à présent et où, à l'époque, je préparais encore mon doctorat d'anthropologie sociale. Deux choses les marquèrent particulièrement : la momie et les ossements humains conservés dans des tiroirs en bois, dans le hall qui donne accès à des bureaux de professeurs (le mien est aujourd'hui tout à côté).

> ***Allons voir les os des morts ! Nous avons vu où étaient les crânes des morts. Beaucoup de têtes de morts. J'ai eu très peur, j'avais envie de pleurer. Si seulement quelqu'un était venu prendre les têtes de ces morts ! Nous avons vu un cadavre très ancien, recouvert de papier [la momie]. Ils l'ont enveloppé et l'ont couché. C'était le vrai corps, ce n'était pas un double. Une vraie personne. Chauve, avec la peau de la tête arrachée. Ce n'était pas une tête de singe, mais bien de Wari'. Les pieds étaient là, la peau de la tête.***

Pourquoi vous ne le prenez pas en pitié ? C'est là qu'elle [c'est moi qu'il désigne ici] écrit.

En sortant, me voyant donner de l'argent à l'homme qui avait veillé sur ma voiture en notre absence, Paletó me dit que je venais en réalité d'acheter sa tête, qui serait plus tard conservée dans les tiroirs du musée.

23 LE PEUPLE QUI GLISSE ET LA GRANDE TÉLÉVISION

Le récit de Paletó suit en parallèle les notes que j'ai prises dans mon carnet. Nous assistâmes à un concert symphonique à la Sala Cecília Meireles, et le chef d'orchestre enthousiasma énormément Paletó, qui passa son temps à répéter que c'était lui qui savait tout. Quand nous ressortîmes du théâtre, nous constatâmes que nous avions échappé à une grosse averse : les rues étaient inondées. Nous dûmes longer les façades des immeubles pour ne pas tomber dans l'eau où flottaient toutes sortes d'immondices. Paletó résume : « Dans le trou, nous n'avons pas entendu la pluie. L'eau est montée, montée. Il y avait des crottes qui flottaient. Elle a dit qu'elle allait vomir. Nous avons crié à cause des crottes pourries dans l'eau. »

Nous visitâmes le stade Maracanã, où ils virent d'où venait l'« image de la voix » du commentateur radio, avant d'aller au Maracanãzinho où nous assistâmes à un spectacle de patinage artistique.

« Nous allons au petit Maracanã », a dit Aparecida. Beto est resté chez eux. Nous avons payé, nous nous sommes assis. Là-bas, on s'assied. Ils glissaient. Allez comprendre. Comment font-ils pour ne pas mourir ? Comment font-ils pour vivre ? Ils ont des chaussures étranges. Ils courent. Il y avait des gens dans un vieux tronc couvert de feuilles. Et alors j'ai vu celui qui était vraiment terrible. Il a soulevé le pied de la femme. Ils tournaient ensemble. Ils couraient ensemble. Une partie du corps de l'un glissait à l'intérieur du corps de l'autre. Nous avons aimé voir les blancs être si étranges.

Au parc d'attractions Tivoli Parque, à l'époque à Lagoa, et où se trouve à présent le Parque dos Patins, : Paletó proposa « Allons nous promener, allons voir le train ! » Il se passionna pour les montagnes russes, qu'il ne vit que de l'extérieur, car Abrão fut le seul assez courageux pour monter à bord :

Ça monte et quand c'est tout en haut, la tête se tourne vers le bas et ça descend. Comment font les gens pour ne pas mourir ? Si vous autres, bande de vieux vantards [il s'adresse aux Wari'], montiez tout là-haut, vous mourriez. Moi je ne suis pas vantard, c'est pour ça que je ne suis pas mort. J'ai vu notre fils la tête à l'envers. Abrão a pleuré. Francisco jouait sur le petit manège. Nous sommes entrés dans l'avion étrange, qui tournait, et tournait encore. Mes yeux ne voyaient plus droit. J'avais la tête qui tournait ! Beto a dit : « Allons dans celui qui glisse. » « D'accord », j'ai répondu. Toboggan. Nous avons attendu ceux qui montaient. Nous sommes montés tout en haut. Beaucoup de gens descendaient. C'est très glissant. C'était très haut. La terre était tout en bas. Beto a dit: «Accroche-toi bien!» Mais il a tout de suite glissé. J'ai essayé de m'accrocher, mais j'ai glissé moi aussi.

Et puis, la toute première séance de cinéma. Paletó et Abrão allèrent voir un film de cow-boys avec Beto et son fils Gabriel. Paletó s'étonna qu'il fasse nuit noire à l'intérieur du cinéma, et plein jour dehors. «C'était très sombre, c'est pour ça que nous pensions que nous allions mourir. Les doubles [les images] des blancs sont apparus, le double du vent. C'est pour ça que nous pensions que nous allions mourir.» De retour chez nous, Paletó dit qu'il avait très froid. J'appris que l'action du film se passait dans une région froide et venteuse, et que Paletó, au beau milieu de la séance, avait déjà dit qu'il avait très froid. Il alla se coucher en s'emmitouflant dans une couverture et finit par sortir de son mutisme pour me dire que, quand Francisco serait grand, je devrais l'empêcher de faire son service militaire, afin qu'on ne le tue pas.

La relation des Wari' avec la télévision était très intéressante: la notion de fiction en images leur était totalement inconnue. Il leur suffit de voir des images, des corps, pour considérer que tout est réellement en train d'arriver. Quand, à la fin des années 1990, on installa une télévision dans une maison commune du poste Rio Negro-Ocaia, j'accompagnai les Wari' dans leurs découvertes et leurs questionnements. Je me rappelle qu'en janvier 2002 la télévision diffusait une télénovela intitulée *O clone* («Le clone»), dont la protagoniste s'appelait Jade. À maintes reprises, ils me demandèrent si je la connaissais (pas l'actrice, mais le personnage) et si elle vivait à Rio. J'essayais de mon mieux de leur expliquer que ces personnes apprenaient leurs répliques écrites sur du papier et les répétaient devant une caméra, mais ils semblaient ne pas comprendre. Un jour, alors que je regardais la télénovela avec eux, je saisis ce qui me parut être l'exemple parfait pour leur faire comprendre la supercherie. Une femme, qui dans l'épisode de la veille en était au tout début de sa grossesse, avait à présent un ventre énorme. « Regardez ! leur lançai-je. Comment est-ce qu'un vrai ventre peut gonfler ainsi du jour au lendemain ? » Une femme me répondit aussitôt : « Tu crois qu'on ne sait pas que vous, les blancs, vous avez des médicaments pour tout ? À tous les coups, vous en avez qui font gonfler le ventre en un jour. » Chez moi, devant la télévision, les remarques de Paletó, aussi pertinentes qu'insolites, me faisaient éclater de rire. Confronté à des dessins animés japonais qui faisaient la part belle aux bagarres, Paletó déclara que cela ne lui plaisait pas, parce qu'il avait pitié de ces doubles (précisément parce qu'ils ne cessaient jamais de se battre). Puis il me demanda : « Ils ne s'arrêtent jamais pour manger ? » Un autre jour, après avoir regardé une émission matinale avec Francisco, il fit remarquer qu'il n'aimait pas la présentatrice, Xuxa, parce qu'elle parlait toujours en tournant la tête et qu'il trouvait très étrange qu'on s'occupe de bouts de caoutchouc (les poupées des publicités) comme s'il s'agissait d'enfants.

Vingt ans plus tard, en décembre 2012, André l'invita au cinéma pour voir *L'Odyssée de Pi*. Même si les

Wari' étaient à présent habitués à la télévision, dont bon nombre de maisons de Rio Negro étaient équipées, ils n'avaient aucune expérience des films en 3D. André me raconta qu'à plusieurs reprises Paletó retira ses lunettes, effrayé, et que, quand le tigre se jetait sur Pi, il se cachait derrière les dossiers des sièges.

À l'occasion de leur dernier séjour à Rio, Abrão et Paletó me demandèrent de leur faire visiter les studios de TV Globo. Je me souvins d'un camarade de doctorat qui était devenu scénariste d'un programme de ce réseau de télévision. Très aimablement, il me mit en contact avec l'équipe, qui non seulement nous invita à venir les voir, mais, qui plus est, envoya une voiture nous chercher. À notre arrivée, nous trouvâmes une loge sur la porte de laquelle une feuille avait été scotchée: «Anthropologue et indiens ». La pièce était très confortable, avec de l'eau et du café à disposition ; un membre de la production vint même nous demander si nous souhaitions faire repasser nos habits : Paletó portait une veste en lin noire que Francisco lui avait prêtée. Nous allâmes déjeuner dans un réfectoire bondé d'artistes, et assise à côté de Paletó, je dus me retenir plus d'une fois d'éclater de rire en écoutant ses commentaires. Par exemple, lorsqu'on nous servit de la mousse aux fruits de la passion, Paletó me dit (en wari', bien entendu) que cela ressemblait à du sperme, tandis que simultanément, nos voisins de table me demandaient si cela lui plaisait. On nous conduisit en voiturette électrique jusqu'au plateau d'une télénovela, où tous les trois, nous restâmes bouche bée face au réalisme des accessoires : les pains et les gâteaux ressemblaient comme deux gouttes d'eau à des vrais, et il en allait de même pour du crottin de cheval, confectionné à partir de feuilles de thé. Nous assistâmes au tournage d'une scène avant d'aller voir une émission filmée en direct, avec beaucoup de musique et beaucoup de danseurs peu vêtus. L'air conditionné, glacé, ne nous permit pas de rester plus longtemps : Paletó ne tarda pas à avoir froid. Notre chauffeur nous attendait aux portes des studios.

24 DE NOUVEAUX PARENTS

Le premier membre de ma famille de Rio dont Paletó fit la connaissance fut mon grand-père maternel, Manoel. Âgé de 90 ans, gravement malade des poumons, il restait couché chez lui, rue Santa Clara à Copacabana, dans un lit d'hôpital, alimenté en oxygène par des tubes fixés à ses narines. Il conservait malgré tout sa bonne humeur légendaire et souhaitait vivement rencontrer les Wari' et s'entretenir avec eux. Paletó, Abrão et moi nous assîmes à son chevet, et on redressa une partie de son lit afin qu'il se retrouve en position assise. « *Vovô** », ainsi que le nomma Paletó, leur raconta son enfance au fin fond de l'État du Maranhão, leur parla de la plantation de manioc de son père qu'il fallait protéger des caititus, et de la querelle qui opposa ses six ou sept frères au sujet de la marmelade de goyaves de leur mère. Cette conversation, traduite par mes soins, plut énormément à Paletó. Sans la moindre hésitation, il demanda à Manoel s'il rêvait de sa femme, ma grand-mère, décédée deux ans plus tôt. Celui-ci lui répondit par

* « Pépé », en portugais.

la négative, et Paletó lui rétorqua : « Alors, c'est que vous n'allez pas mourir tout de suite ! » La prédiction parut plaire à mon grand-père, à qui j'expliquai que, chez les Wari', les parents défunts ont coutume de visiter en rêve leurs proches malades pour les inviter à les rejoindre.

Quelques jours plus tard, nous fûmes invités à déjeuner chez mes parents. Père et fils adorèrent le vaste salon, Paletó se fendant de ce compliment : « C'est grand comme la terre. » Il remarqua aussitôt que j'étais la plus grande de ma famille et déclara que les jeunes filles wari' qui perdaient le plus tard leur virginité étaient celles qui grandissaient le plus : celles qui se faisaient « beaucoup percer » ne grandissaient pas beaucoup. Il s'étonna que ma mère ait cuisiné du poisson dans une marmite en terre cuite (c'était de la moqueca, un ragoût brésilien) et dit à Beto : « Moi qui croyais que ta belle-mère n'était pas une Wari'. » Le plat, très chaud, nous fit transpirer à grosses gouttes, et Paletó déclara que nous étions comme les matadores. Je pensais que la comparaison était motivée par le fait que nous mangions avec des fourchettes, faisant preuve d'un raffinement égal à celui des matadores en isolement, qui mangent avec de petites baguettes afin de ne pas se salir les mains. « Non, me dit-il, ce n'est pas à cause de cela. C'est parce que les matadores boivent de la chicha chaude afin de suer. » Nous mangeâmes beaucoup, et à la grande surprise de mes parents, Paletó finit par quitter la table pour s'allonger par terre, au beau milieu de la salle à manger, afin de se reposer.

Mon père Hélio offrit à Paletó une casquette d'un noir brillant, dont il se coiffa aussitôt en le remerciant et en l'appelant « frère aîné ». Incroyable mais vrai, Paletó se fit voler sa casquette le jour même. Il raconte lui-même l'événement :

> ***Son père m'a offert un chapeau qu'un Américain lui avait donné. Nous avons mangé. Allons nous balader ! Si seulement j'avais laissé mon chapeau. Je l'ai mis et il n'a pas mis longtemps à disparaître. Nous sommes sortis avec Beto. Je marchais un peu à l'écart de Beto et d'Abrão et un homme est passé à vélo, m'a tapé la tête et a pris mon chapeau. Beto a crié : « On lui a volé son chapeau ! Par où est-il passé ? » « Par ici ! » J'ai encore de la haine pour ce blanc. J'aurais voulu le tuer.***

La casquette se volatilisa, mais la relation nouée entre les deux nouveaux frères demeura. Quelques semaines plus tard, nous fêtâmes Noël chez mes parents, chantant des chants wari' tamara que nous avions répétés pour l'occasion, ayant cédé face à l'insistance de Paletó. Faute de tambour traditionnel en céramique et en caoutchouc qui, durant les fêtes, rythme la musique, nous nous rabattîmes sur une barquette de sorbet en plastique, et une cuiller en bois fit office de baguette. Paletó invita alors son frère aîné à danser en ligne, comme le font les Wari', en insistant pour qu'il joue du tambour. Jamais je n'oublierai l'image de ces deux hommes dansant côte à côte, pas plus que je n'oublierai les autres visites au cours desquelles mes deux pères, incapables de communiquer par le langage, s'embrassaient et s'asseyaient l'un à côté de l'autre.

Ma mère et Paletó étaient unis par une tendresse toute particulière : j'ai une superbe photo où tous les deux sourient, joue contre joue, les yeux fermés. Cela m'en rappelle une autre, que j'ai prise tout émue lors d'un autre Noël, des années plus tard. On y voit André, la tête reposant sur l'épaule de Paletó, un bras autour de sa taille. Là aussi, tous deux sourient en fermant les yeux. Ils portent des bermudas identiques, à motifs en damier, cadeaux qu'ils viennent de recevoir. Les cheveux de Paletó sont noirs, parce que nous avions passé l'après-midi de la veille à les lui teindre dans ma salle de bains, à sa demande, avec le produit colorant qu'il m'avait vue appliquer sur les miens. Assis sur le bidet, Abrão et moi debout à ses côtés, il s'exclamait qu'il paraîtrait plus jeune et qu'il attirerait de nouveau le regard des jeunes femmes. Sur une vidéo de la même époque, on peut voir Francisco, déjà jeune homme, et Paletó couchés dans un hamac, leurs visages tournés dans des directions opposées, en train de jouer de la flûte en duo.

Ce fut lors du premier Noël, en 1992, que Paletó fit également la connaissance de mon frère cadet, Dudu, de Mônica, son épouse, et de Luiz, leur fils d'un an. Pour le réveillon du Nouvel An, Dudu et Mônica louèrent une suite dans un hôtel face à l'océan, à Copacabana, et nous invitèrent à faire la fête avec eux. Nous descendîmes sur la plage pour assister aux feux d'artifice qui, en ce temps-là, jaillissaient directement du sable, ainsi qu'aux offrandes et aux rituels religieux. Les femmes trans et les hommes déguisés en femmes attirèrent l'attention de Paletó, qui s'approchait pour toucher leurs seins, curieux de savoir si c'étaient des vrais. Abrão le réprimandait, l'avertissant qu'une de ces personnes finirait par se battre avec lui. Paletó relate ainsi la soirée :

Le jour spécial est arrivé où nous avons dansé. Allons voir le feu [les feux d'artifice] ! Nous avons mangé avec ton frère. Nous avons vu [sur la plage] la petite pirogue [offrande lancée sur l'océan]. Les fidèles qui jouaient de la musique sont arrivés, les camarades d'Abílio [un missionnaire]. Ils chantaient. Ceux qui croyaient, ceux qui ne croyaient pas ont fait une ronde autour d'eux. Ils donnaient du papier, ils m'en ont donné à moi aussi. Beto nous a dit : « Ce sont des croyants. » Notre frère Abílio mentait quand il nous disait que les croyants ne dansent pas. Abílio ne voulait pas que nous dansions. C'est devenu jaune, c'est devenu rouge, on aurait dit des flèches [les feux d'artifice]. Piou !!! J'ai bien aimé. Impossible de dire à quel point les blancs sont nombreux ! « Allons voir les chamans, la vieille étrange », on nous a dit. Nous nous sommes frayé un chemin au milieu de beaucoup de gens. On se tenait les uns les autres. Nous n'avons pas vu ceux qui guérissent les Wari'. Nous avons vu notre grand-mère qui imitait la dinde [Paletó imite alors une femme possédée durant un rituel afro-brésilien]. La femme qui fumait ! Je l'ai attrapée par le bras. Elle m'a regardé bizarrement. Abrão m'a dit : « N'attrape pas les blancs comme ça, ça les met en colère. » La lumière tournait. La femme qui mangeait du tabac tournait, tournait, tremblait, comme si elle avait très froid.

Paletó trouvait naturel qu'il existe aussi des chamans à Rio, la seule différence étant que les animaux qu'ils suivaient, en lesquels leurs doubles se transformaient, devaient être des animaux différents, des animaux d'ici. C'était le cas de la dinde. Le jour où je les emmenai à ma séance de yoga, Paletó fit remarquer que ceux qui se pliaient beaucoup n'avaient probablement pas d'os. Quand je l'informai qu'Orlando, mon professeur, qui enseignait également une technique du nom de biogymnastique, inspirée des mouvements des animaux, savait ramper au sol, Paletó conclut : « C'est probablement un chaman. » À Rio Negro, je fus moi-même considérée comme une chamane le jour où je décidai de faire un massage shiatsu à un homme qui venait de se blesser en forêt. J'avais suivi une formation et je m'étais dit que cela pourrait l'aider à aller mieux. Mais je ne m'attendais pas à ce qu'une véritable foule se masse tout autour de nous, affluence qui faillit me paralyser. Par chance, cela sembla fonctionner : l'homme se sentit quelque peu soulagé. Mais les spectateurs ne me laissèrent pas repartir avant que je leur explique quel animal je suivais. Comme je l'ignorais, je les laissai déterminer entre eux s'il s'agissait de la poule ou de la vache.

Il y eut bien d'autres rencontres entre mes parents aux vies si différentes, rencontres au cours desquelles je m'émerveillais de voir ces personnes qui n'avaient pas de langue commune parvenir à se communiquer tant d'amour et d'affection. Dudu, Mônica et leurs enfants reçurent Paletó et Abrão à Brasília et, au cours d'une promenade, leur montrèrent la « maison de Lula ». Père et fils firent aussi la connaissance de mes amis à Rio, ne manquant jamais de demander à ceux qui travaillaient comme moi avec des groupes indigènes de prononcer des mots dans leurs langues et de leur chanter leurs chansons. Tous deux riaient alors beaucoup, et Paletó me disait toujours que j'avais beaucoup de chance de travailler avec eux, eux qui connaissaient le vrai nom des choses, qui appelaient la lune « lune », et le soleil « soleil ».

Durant l'une des nuits qu'il passa à Rio, Paletó rêva qu'il défrichait une grande surface de terrain au poste Rio Negro-Ocaia afin d'en faire une piste d'atterrissage. Alors en pleine analyse, j'eus une bouffée d'interprétation pseudo-freudienne et écrivis dans mon carnet de terrain : « Je crois qu'il a la sensation d'ouvrir un canal de communication avec le monde extérieur, avec les blancs. » Quoi qu'il en soit, il était évident que nous nous rapprochions de plus en plus l'un de l'autre, que nos lieux d'habitation se liaient tout autant que nos vies.

Lorsqu'il me dit au revoir à la gare routière, à la fin de son premier séjour, Paletó me serra dans ses bras et me dit à propos de Francisco, âgé de 2 ans : « Veille bien sur notre petit. Ne le laisse pas grimper aux arbres. Attention aux voitures, afin qu'il puisse grandir. »

25 LES ADIEUX

Allons-y mon père, allons-y mon père !
Allons-y mon père, allons-y mon père !
M'a dit ma fille.
Nous sommes allés tout en haut, vraiment tout en haut.
Chanson composée par Paletó au sujet de notre visite au Pain de Sucre (Rio de Janeiro, 13 décembre 2012).

Début décembre 2015, je quittai Rio de Janeiro pour me rendre à Rio Negro, voyage organisé dans la précipitation après qu'Abrão m'eut appris que notre père allait mal : il avait plusieurs fois perdu connaissance. Je supposai que c'était la maladie de Parkinson qui s'aggravait et continuait de le diminuer. Cela faisait un an et demi que je ne l'avais pas vu, et ces nouvelles m'ébranlèrent.

Mais il était impossible de rejoindre le Rio Negro en moins de deux jours. Le vol, bien que plus rapide qu'en 1986, durait cinq heures, avec une escale à Brasília. On arriva à Porto Velho après minuit, trop tard pour attraper le dernier autocar à destination de Guajará-Mirim.

Comme à mon habitude, je pris donc le taxi pour me rendre à l'Hotel Central où, après au moins vingt ans de fréquentation, je suis connue aussi bien des gérants que ses employés. Le lendemain, petit déjeuner (j'adore les gâteaux locaux), gare routière et voyage de cinq heures jusqu'à Guajará, où vient toujours me chercher Preta ou sa fille Rafa.

À l'Hotel Mini Estral de Guajará, je suis tout aussi connue que dans celui de Porto Velho – dans celui-ci depuis trente ans, très exactement. La patronne et ses filles savent quelles sont mes chambres préférées (la 16 et la 17), et dès mon arrivée me demandent des nouvelles de mes enfants. Ce sont des chambres vastes, au sol carrelé, avec deux ou trois lits une place et un lit double dans chaque chambre, climatisation, salle de bains / WC et télévision. Mes fils ont toujours adoré ces chambres gigantesque, où nous nous installions momentanément quand nous arrivions en ville, ou quand nous revenions du village. Je me souviens de la fois où j'étais arrivée avec André, malade, et du soulagement que j'avais éprouvé en ayant à ma disposition une salle de bains et un climatiseur, en plus de l'aide de Gil, mon ami médecin qui habite tout près de l'hôtel. Ce jour-là, après être sortie acheter l'antibiotique prescrit par Gil, je trouvai la chambre remplie de nos amis wari' qui habitaient à Guajará, serrés sur les lits aux côtés de mes enfants pour regarder la télévision avec eux. À une autre occasion, cédant face à l'insistance des Wari' qui admiraient le goût sophistiqué de mon fils cadet pour les mets wari', je rapportai du village un bras de singe rôti, l'un des péchés mignons d'André depuis son enfance. Afin que la viande reste sèche et ne pourrisse pas, je demandai à la femme de ménage (une Bolivienne : la frontière se situe au milieu du Rio Mamoré), avec 1 000 manières et 1 000 explications, de garder cela au four un certain temps. Quelle ne fut pas ma surprise de constater que cette femme n'affichait aucune mine dégoûtée, mais le regardait au contraire avec convoitise en s'exclamant : *« A mi tambien me gustan los monos*!»*

De temps en temps, Mercedes, la patronne de l'hôtel, et la femme de ménage me prêtaient leurs vélos, moyen de transport le plus usité dans cette ville. En 1986, à une époque où la mode n'était pas encore aux pistes cyclables, Guajará disposait déjà de la sienne, une rue entière exclusivement réservée aux bicyclettes, qui traversait l'agglomération d'un bout à l'autre, aboutissant sur le port principal du Rio Mamoré, d'où se fait la traversée pour la Bolivie et où se trouve le musée de la ville.

* « Moi aussi, j'aime bien le singe ! »

J'ai toujours aimé cette ville, surnommée « la perle du Mamoré », avec ses rues arborées, ses nombreuses places et son musée au bord de l'eau qui expose des objets aussi divers que des journaux remontant à l'époque des affrontements armés entre seringueiros et Wari', ou des spécimens de la faune locale, des plus communs aux plus étranges, comme par exemple des fœtus à deux têtes.

À l'approche de Noël, fin 2015, le musée était décoré d'ampoules colorées qui dessinaient la silhouette d'animaux tels que rennes et des ours, là, au cœur même de l'Amazonie. Les coupures de courant étaient encore chose commune, même si elles n'étaient plus aussi fréquentes. En 1986, la ville n'était pas encore raccordée au réseau national et n'était éclairée que par des groupes électrogènes.

À côté du musée se trouve le poste des douanes, où sont examinés les bagages des voyageurs débarquant des bateaux boliviens qui ne peuvent accueillir qu'une vingtaine de personnes et arborent le drapeau de leur pays en haut d'un mât. Le trajet inverse, du Brésil à la Bolivie, ne peut être effectué que dans des bateaux brésiliens, parfaitement identiques, à l'exception du drapeau. Tous les bateaux arrivent pleins et repartent vides, pour une traversée qui ne dure pas plus de quinze minutes, traçant une diagonale dans le Rio Mamoré entre Guajará-Mirim et sa sœur étrangère, Guayaramerín.

Au bout de deux jours passés à Guajará, je disposais de tout ce qu'il me fallait pour mon voyage jusqu'au Rio Negro : de l'essence pour la voadeira (mon bateau) et du *rancho* (de la nourriture). Je me réveillai tôt et, en ouvrant la porte de la chambre n° 16 de l'Hotel Mini Estral, je me retrouvai nez à nez avec Abrão qui, planté sur le seuil, attendait que je sorte pour me dire qu'il était arrivé dans la nuit avec notre père et que celui-ci allait bien.

En vérité, toute la famille s'était rendue en ville, dans le but d'aller jusqu'au village de Ribeirão, accessible par l'autoroute BR 364 et d'autres routes plus modestes. Ribeirão accueillait en effet la conférence biblique, événement biannuel organisé par les missionnaires de la New Tribes Mission (dont la branche locale avait été renommée « Missão Novas Tribos do Brasil ») et qui réunit un grand nombre de personnes venues de tous les villages wari'.

J'emportai la nourriture que j'avais achetée et pris un taxi pour retrouver Paletó qui m'attendait déjà. La maison où ils étaient hébergés appartenait à un pasteur qui, depuis trois ans, mettait l'une de ses chambres à la disposition des deux fils adolescents d'Abrão, Jardison et Jackson, lesquels étudiaient en ville. À l'écart du centre de l'agglomération, la maison de briques était assez vaste, avec un portail en fer qui donnait sur un patio et une véranda qui faisait tout le tour du bâtiment. Durant ces quelques journées, deux chambres accueillirent un nombre assez raisonnable de membres de la famille : Jardison et Jackson, évidemment, Paletó, To'o, Abrão et son épouse Tem Xao, Aparecida (mon homonyme, fille d'Abrão), son mari et sa petite fille Tokohwet, ainsi que d'autres enfants et adolescents. La chambre où dormaient Paletó et To'o était spacieuse, mais il y faisait très chaud, notamment à cause des tuiles en amiante du toit. Il y avait là deux lits, des vêtements éparpillés un peu partout et une télévision qui, à mon arrivée, diffusait le film *RoboCop*. Il n'y avait pas de fenêtre, mais une porte donnait sur la véranda et le patio. À cause de la chaleur qui y régnait, Paletó et To'o restaient quasiment toute la journée couchés sur le sol de ciment rouge de la véranda, à l'affût de la moindre brise. C'est là que je passai mes tout derniers jours en leur compagnie.

Paletó était encore plus amoindri par la maladie que lors de notre précédente rencontre. Ses articulations étaient si rigides qu'il ne parvenait ni à remonter son short, ni même à plier les genoux. En me voyant, il se mit à pleurer et à s'adresser à moi sur la mélodie du chant funèbre. Il répétait que j'étais vraiment sa fille et qu'il était très faible, et mou, qu'il n'était plus le même. Il gardait souvent les yeux fermés, comme s'il dormait, et prenait beaucoup de temps à répondre à mes questions. De temps à autre, il se remettait à pleurer.

J'avais enregistré deux petites vidéos sur ma tablette afin de les lui montrer. Dans chacune d'elles, l'un de mes deux fils s'adressait à lui en wari' en l'appelant « grand-père » et en lui disant qu'il pensait très fort à lui. Les liens qui les unissaient avaient toujours été très puissants, et quand il devint vraiment faible, Paletó me demanda au téléphone de les amener à Rio Negro afin qu'ils lui disent adieu. Il affirmait que mes enfants devaient poursuivre mon travail parmi les Wari', mais d'une façon bien particulière : Francisco devait devenir pasteur, et André diacre. To'o finit par lui arracher la tablette des mains et se mit à parler avec mes fils comme s'il s'agissait d'une communication en direct. « André, André, c'est moi, ta grand-mère. Je suis vieille, je suis faible. Je n'y vois plus grand-chose. Francisco, Francisco ! » Quand Paletó récupéra la tablette, il dit simplement en s'adressant à l'un d'eux : « Quand tu viendras ici, je n'existerai plus. »

Après quoi, ils me donnèrent des nouvelles de la communauté, qui s'était marié, qui était mort, qui était né. Nous étions assis ensemble par terre, sous la véranda, très près les uns des autres, avec les enfants qui couraient autour de nous. J'avais apporté pour eux des aliments dont ils raffolaient, tels que des fruits secs et du granola. À chaque aller-retour entre la maison et Guajará, j'achetais du poulet, du poisson et du jus de fruits, et j'aidais une des petites-filles de Paletó et de To'o à préparer leurs repas. Quand je m'absentais plus longtemps que d'habitude, Paletó se rongeait les sangs, craignant qu'une voiture m'ait écrasé. To'o me parut très maigre et apathique, et ce n'est que plus tard que j'appris qu'elle avait la tuberculose, maladie qui entraîna sa mort moins d'un an après.

Le trajet jusqu'à la conférence biblique à Ribeirão devait se faire en pick-up de location, mais tout le monde s'accordait à penser que ce serait trop inconfortable pour nos deux vieux parents. Je proposai donc de les conduire en voiture. Lorsque j'arrivai à bord de la voiture, mise à notre disposition par la Funai en échange de carburant et conduite par un chauffeur wari', Paletó m'attendait, vêtu de son plus beau short et de sa plus belle chemise, assis sur une chaise en plastique. Il avait beaucoup de mal à enfiler des chaussures, car ses orteils très espacés ne parvenaient plus à se rapprocher. Je lui avais acheté diverses chaussures, en vain. Nous finîmes par lui soulever les pieds pour lui faire enfiler des sandales tant bien mal, puis nous le fîmes monter à bord. To'o s'assit au milieu et, à l'autre bout, leur petit-fils Jardison passa tout le trajet à regarder le clip d'un duo de chanteuses,

Simone et Simaria, sur son téléphone. Ce fut une journée mémorable, inaugurée par un petit-déjeuner au marché, avec du gâteau au manioc et du *bolo de leite* (gâteau au lait), au stand d'une connaissance de mon amie Luzia.

Ribeirão accueillait une myriade de Wari', ainsi qu'une quantité phénoménale de tentes éparpillées entre les maisons, voire installées sous des vérandas. Nous nous rendîmes directement dans la maison où Abrão et sa famille seraient logés. On trouva des chaises pour Paletó et To'o, et dès qu'ils furent assis, des gens vinrent les saluer chaleureusement et leur offrir à manger. J'avais emporté des gâteaux, des sandwichs et de l'eau, qui disparurent en un clin d'œil. C'était la pause déjeuner, et on voyait au loin une énorme file de personnes tenant des assiettes et des gobelets, attendant d'être servies par les cuisiniers qui s'activaient derrière de grosses marmites en aluminium.

Paletó exprima le souhait de rendre visite à Valmir et à Fátima, un couple de missionnaires qui habitaient là. Leur maison était un peu éloignée, et notre chauffeur avait pris la voiture pour aller pêcher: considérant le nombre impressionnant de deux-roues, je demandai à deux jeunes hommes de les emmener chez les missionnaires, Paletó sur une moto, To'o sur l'autre, tous deux pris en sandwich entre le conducteur et une autre personne qui leur servirait de dossier. Et c'est ainsi qu'ils arrivèrent dans cette maison sens dessus dessous. Je les suivis à pied. Valmir et Fátima se trouvaient là, avec d'autres missionnaires, dont Teresa, qui avait passé plusieurs années sur les rives du Rio Negro et connaissait bien Paletó et sa femme. Nous nous assîmes, qui sur un canapé, qui sur un fauteuil, et nous conversâmes en wari', idiome bien connu des missionnaires, dont l'une des tâches consiste à traduire la Bible dans cette langue. Ils s'échangèrent diverses nouvelles, chantèrent des cantiques et, à la fin, prièrent en se donnant la main.

Nous allâmes ensuite à l'église, toute proche et où tous convergeaient après le déjeuner. On décida d'asseoir Paletó et To'o l'un à côté de l'autre, sur un banc placé devant le pupitre, tourné vers l'allée par laquelle entraient les fidèles. On donna à Paletó un micro et il chanta des cantiques. Puis une file se forma et, l'une après l'autre, des personnes s'approchaient d'eux, leur serraient la main à la mode occidentale (molle, donc, comme à l'intérieur des terres au Brésil) et leur murmuraient quelque chose à l'oreille. Orowao et A'ain Tot, leurs filles, faisaient également la queue, en larmes, ainsi que Tokohwet, leur petite-fille, enfant d'Orowao. Quand vinrent leur tour, elles les serrèrent dans leurs bras et leurs sanglots redoublèrent d'intensité. Lorsque toutes et tous leur eurent rendu hommage, on chanta d'autres hymnes, et Paletó et To'o furent transportés hors de l'église, où il régnait une chaleur insupportable. Nous attendîmes notre chauffeur pour rentrer à Guajará.

Aux quatre coins du village, les enfants et les jeunes gens très, nombreux, formaient des groupes par classes d'âge, et comme s'il s'agissait d'une école de plein air, écoutaient les prédications des missionnaires et d'autres Wari', qui lisaient des passages de la Bible et faisaient des sermons moralisateurs. Hors de ces groupes, certains jouaient sur une application intitulée « Show de la

Bible» qui, grâce à des questions à choix multiples, évalue le niveau de connaissances bibliques du joueur ou de la joueuse, lui permettant ou non de passer au niveau supérieur: «De quel côté s'est assis Jésus au royaume des cieux? () à droite () à gauche () en haut () en bas»; ou encore: «Selon Matthieu VI, 6, si nous prions en secret, Dieu... () nous abominera () nous récompensera () ne nous écoutera pas () nous accordera Sa miséricorde.»

Je me souviens que, sur le trajet du retour, Paletó, To'o, Abílio, le chauffeur wari' et moi abordâmes diverses questions linguistiques. Abílio, issu du sous-groupe OroMon, comme To'o, l'interrogea sur certains mots tombés en désuétude et remplacés par d'autres.

Lui et moi conversâmes longuement à propos de l'emploi du mot «parent», en portugais, qui très souvent prend une valeur vocative pour tout indigène dans le cadre d'une rencontre entre différentes ethnies. Tous les indigènes se font appeler «parents», alors que les blancs se font appeler par leur nom et sont catégorisés en tant que non-indigènes. Je voulais savoir comment les Wari' traduisaient ce terme dans leur langue. Abílio me confirma qu'en wari' son sens était bien différent du portugais, langue dans laquelle «parent» désigne généralement quelqu'un avec qui on est lié par l'ascendance, ce que nous appelons les «liens du sang». Parmi les Wari', comme chez beaucoup d'autres ethnies, le terme «parent» (en portugais, *parente*) sert justement à désigner les non-parents, ceux pour qui on ne dispose pas de termes relatifs à la parenté.

Durant une conférence à Ji-Paraná, j'ai entendu un jeune homme appartenant à l'ethnie Gavião débuter son allocution par ces paroles: « Bonjour, parents! En premier lieu, j'aimerais remercier Dieu. » Nous ne parvînmes pas à trouver le bon terme en portugais: même les Wari' des autres sous-groupes, appelés *tatirim* (« étrangers », en wari'), ne correspondent pas à cette classification de « parents », car on cherche toujours plus ou moins à établir les liens de parenté qui nous relient à eux, souvent avec succès, étant donné le nombre de mariages entre personnes issues de sous-groupes différents. La question demeure donc sans réponse.

Nous arrivâmes à Guajará à la nuit tombée, après environ deux heures de route, et nous achetâmes les derniers poulets rôtis que nous pûmes trouver, accompagnés de *farofa**, pour le dîner de Paletó et de To'o. Le lendemain viendrait le temps des adieux: à bord de la pirogue de Paulo, le mari de leur fille Main, ils retourneraient dans leur village. Au matin, de bonne heure, on me dit au port que Main ne pourrait partir avant d'avoir pesé et mesuré ses enfants dans un centre de santé, condition nécessaire pour recevoir ses allocations familiales. De retour au port en début d'après-midi, j'appris que Main et son époux étaient déjà partis avec leurs enfants et To'o; Paletó était resté.

Le grand bateau de son neveu pasteur, Awo Kamip, me parut être l'embarcation la plus indiquée pour le ramener chez lui, et je négociai l'ajout de ce nouveau passager contre de l'essence. J'allai ensuite chercher Paletó. Il se trouvait en compagnie de sa petite-fille, qui était

* Farine de manioc grillée.

restée afin de veiller sur lui. Je l'installai dans un hamac à l'intérieur du bateau et lui mis entre les mains un dernier poulet rôti, pour qu'il ait de quoi manger durant le voyage. Je n'arrivais pas à quitter ce bateau, redoutant de ne plus jamais le revoir. Ce fut bel et bien la dernière fois. Abrão, comprenant ma détresse, prononça alors les mots que j'aurais dû lui adresser: «J'y vais: je te laisse partir.»

AUX ÉDITIONS MARCHIALY

Jake Adelstein,
Tokyo Vice
Le Dernier des yakuzas
J'ai vendu mon âme en bitcoins
Tokyo Detective

Cristian Alarcón,
Que ma mort soit une fête

Sinar Alvarado,
Portrait d'un cannibale

Noé Álvarez,
10 000 km

Jorge Enrique Botero,
Attends-moi au ciel, capitaine

Sebastian Castelier et Quentin Müller,
Les Esclaves de l'homme-pétrole

Jean-Charles Chapuzet,
Mauvais plan sur la comète
Du bleu dans la nuit

Élise Costa,
La Nuits que l'on choisit

John Danalis,
L'Appel du cacatoès noir

Timothée Demeillers et Grégoire Osoha,
Voyage au Liberland

Sonia Faleiro,
The Good Girls

Armand Gatti,
Envoyé spécial dans la cage aux fauves

Manon Gauthier,
Les Pièces manquantes

Alma Guillermoprieto,
La Révolution, la danse et moi

Allison Hoover Bartlett,
L'Homme qui aimait trop les livres

Kirk Wallace Johnson,
Le Voleur de plumes

Kapka Kassabova,
Lisière
L'Écho du lac

Jay Kirk,
Esquive le jour

Raphaël Krafft,
Les Enfants de la Clarée
Radio Surobi

Jessica J. Lee,
Deux arbres, une forêt

Romain Lescurieux et Antonin Vabre,
La Montagne inversée

Karim Madani,
Jewish gangsta
Tu ne trahiras point

Raphaël Malkin,
Le Rugissant
Lieutenant Versiga

Juan Pablo Meneses,
La Vie d'une vache
Le Prodige
Un dieu à soi

Miguel Prenz,
La Guerre des dinosaures

Evan Ratliff,
Disparaître dans la nature

Alberto Salcedo Ramos,
L'Or et l'Obscurité

Anjan Sundaram,
Kinshasa jusqu'au cou
Bad News

Taina Tervonen,
Les Fossoyeuses
Les Otages

Titaÿna,
Une femme chez les chasseurs de têtes
Les Ratés de l'aventure

Simon Worrall,
Le Faussaire de Salt Lake City

Rémi Yang,
Roses d'acier

Cette histoire de filiation en dehors de tout arbre généalogique ne pouvait que nous satisfaire, les éditions Marchialy étant elles-mêmes fondées sur une mythologie familiale forte. Nous sommes donc très heureux d'accueillir Aparecida (et Paletó) dans notre vaste famille.

Mise en pages : Studio Abble
Dépôt légal : septembre 2023
Achevé d'imprimer en mai 2023 par Aubin
Numéro d'impression 2302.0041
Imprimé en France
ISBN : 978-2-38134-047-0